KB101998

강서울 현대 판타지 소설
MODERN FANTASTIC STORY

탑스타의 재능 서고

탑스타의 재능 서고 8

강서울 현대 판타지 소설

초판 1쇄 찍은 날 § 2021년 9월 10일
초판 1쇄 펴낸 날 § 2021년 9월 17일

지은이 § 강서울
펴낸이 § 서경석

총괄팀장 § 노종아
편집책임 § 박현성
디자인 § 공간42

펴낸곳 § 도서출판 청어람
등록번호 § 제387-1999-000006호
등록일자 § 1999. 5. 31
어람번호 § 제1-3156호

주소 § 경기도 부천시 부일로 483번길 40 서경B/D 3F (우) 14640
전화 § 032-656-4452 팩스 § 032-656-4453
http://www.chungeoram.com
E-mail § chungeorambook@daum.net

ⓒ 강서울, 2021

ISBN 979-11-04-92382-1 04810
ISBN 979-11-04-92327-2 (세트)

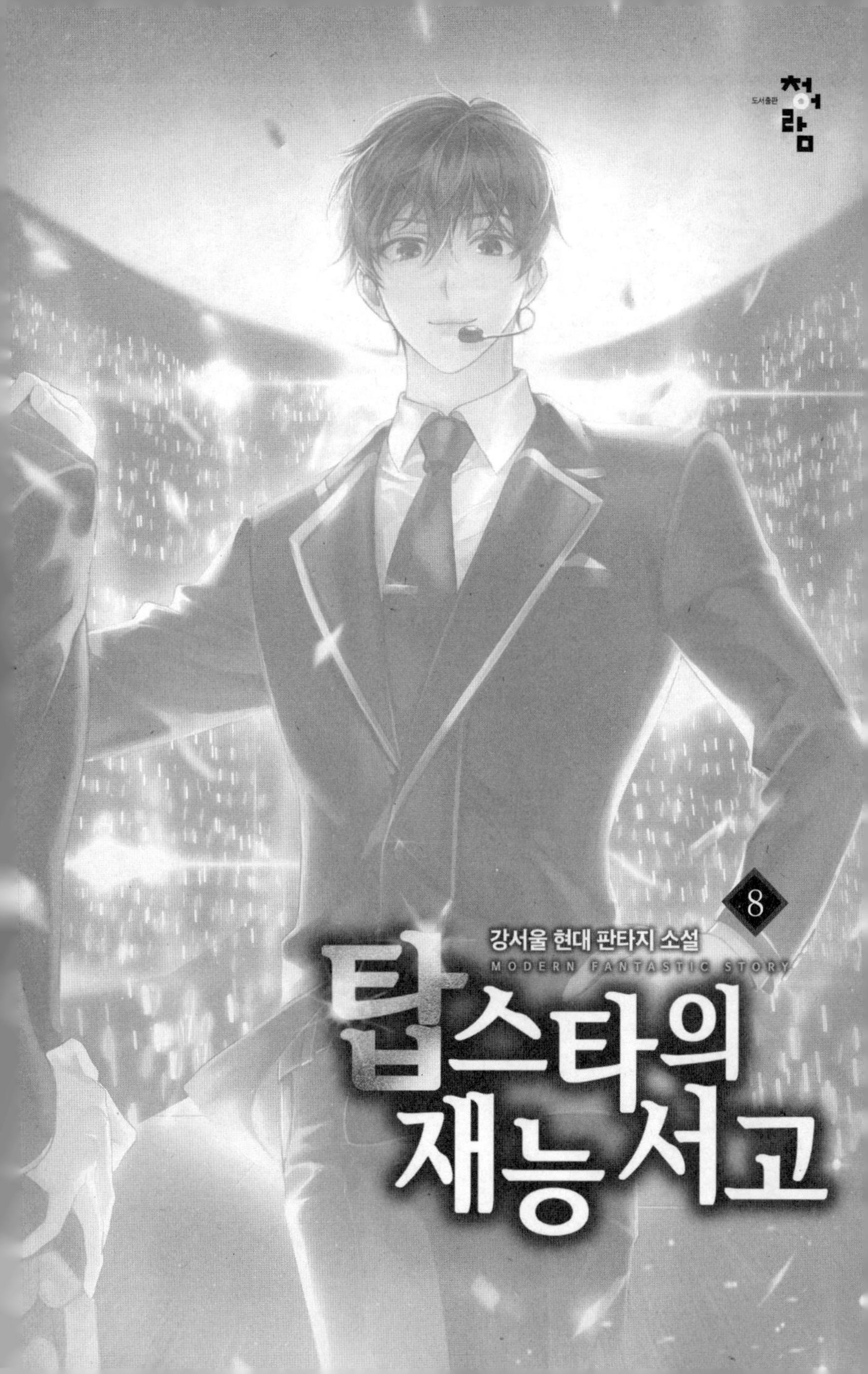
도서출판 청어람
8
강서울 현대 판타지 소설
MODERN FANTASTIC STORY
탑스타의 재능서고

탑스타의
재능서고

목차

제1장   2집 준비 ·· 7

제2장   색을 칠하는 것 ·· 87

제3장   무대로 돌아오다 ·· 145

제4장   음원은 실력으로 ·· 183

제5장   해외 투어 ·· 251

제1장

2집 준비

JS 엔터의 헬스장.

옹기종기 모여 앉은 멤버들은 탄성을 터뜨리며 대화를 주고받았다.

"와."

"이거 봐봐."

콘서트가 끝나고 나서도 여운은 쉽게 사라지지 않았다.

"와, 이건 진짜 대박이었네."

단체로 나란히 앉아 휴대폰으로 보고 있는 영상은 콘서트 촬영 편집본이었다. 콘서트가 끝난 지 일주일이 지났는데도 매일 저걸 챙겨 보고 있다.

"아, 만족스러워."

"도영아, 댓글 좀 읽어봐."

"오케이."

영상에 달린 팬들의 댓글을 확인하는 도영.

대부분 호평 일색인 댓글을 보니 절로 기분이 좋아진다.

—이번 콘서트 진짜 대박이었음 첫 콘서트인 게 믿기지 않을 정도로 너무 잘 준비해 준 탑보이즈 고맙다 ㅠㅠ

ㄴㅇㅈ 보는 내내 입 벌리고 봤음

ㄴ화면이 다 못 담아내네

ㄴ현장에 있었던 사람인데 하이라이트 파트 부를 때 단체로 기립 박수 함 ㅋㅋㅋ

ㄴ노래 라이브인데 겁나 잘 부르더라

—콘서트 굿즈 받은 사람? 나 USB 질렀는데 후회 안 한다

ㄴㅁㅁㅇ 뭔 내용인데?

ㄴ콘서트 준비 영상인데 ㄹㅇ 희귀템…….

ㄴ이거 바로 품절된 거임?

ㄴ이제 안 나올걸

ㄴㅠㅠㅠㅠㅠㅠㅠ

ㄴ아… 안 돼…….

—다보탑 음원 발매 안 하나요……?

ㄴ미공개 음원 ㅋㅋㅋㅋㅋㅋㅋㅋ

ㄴ아, 이거 기억난다. 제목 빼고 다 좋았던 노래; 제목 대체 어떤 놈이 지은 건지 처맞아야 함

ㄴ제목 제현이가 지은 거래요

ㄴ아, 누가 그렇게 기특한 제목을 지었는지 정말 사랑스럽네요

ㄴㅋㅋㅋㅋㅋㅋㅋㅋ
ㄴ태세 전환 봐라 ㄷㄷ
ㄴ돌았냐고 ㅋㅋㅋㅋㅋㅋㅋ

"야, 다보탑!"

"어엉?"

도영의 한마디에 제현은 부스스한 머리카락을 손으로 쓸며 고개를 들었다. 콘서트 영상을 보다가 혼자 뻗어버린 제현이다.

"헬스장에서 자냐?"

"…여기 매트가 푹신해서."

제현의 당당함에 도영은 혀를 내두르며 타박을 던졌다.

"그게 문제가 아니라 지금, 팬들이 노래 제목 구리다잖아."

"…그거 상준이 형이 오케이 했어."

"이걸 내 탓을?"

오늘도 평화로운 탑보이즈.

선우는 열심히 팬카페에 올라온 게시 글들을 뒤지더니 상준의 어깨를 툭툭 쳤다.

"단체 사진 잘 나왔다."

콘서트 끝자락에서 관객석을 배경으로 팬들과 함께 찍었던 단체 사진. 대수롭지 않게 선우가 내미는 화면을 확인한 상준의 얼굴이 빠르게 식었다.

"…내 얼굴 왜 이래?"

홀딱 젖은 채 비 맞은 생쥐 꼴이 되어 있는 도영과 상준. 둘은 동시에 서로를 노려보며 혀를 찼다.

"쓰읍."

"누가 할 소리."

"얘들아, 너네 뭐 하냐."

송준희 매니저는 못 말린다는 듯 둘을 떼놓았다. 운동한다면서 모여놓고 이렇게 싸우고만 있다. 송준희 매니저의 잔소리가 이윽고 쏟아졌다.

"너네 운동 안 해? 언제는 몸 관리 한다며."

"아."

"운동은 내일부터."

"시끄럽고, 다들 빨리 제자리로 돌아가."

투덜대면서도 말을 고분고분 듣는 탑보이즈다. 아까 전까지 도영과 투닥거리고 있던 상준도 금세 열정을 찾은 채 러닝 머신으로 향했다.

"허억… 헉."

귀에 이어폰을 꽂은 채 열심히 달리기 시작하는 상준.

한 번 뛰기 시작했더니 쉬지도 않고 있다.

'저 열정은 대체······.'

주변을 두리번대며 놀 궁리를 하고 있던 도영은 무료함을 이기지 못하고 상준에게 다가갔다.

"물 마실래?"

"어엉."

거친 숨을 몰아쉬면서도 표정은 제법 평온해 보인다. 상준은 도영이 건네는 물병을 받으며 고맙다는 눈짓을 보냈다. 그런 상준을 가만히 지켜보던 도영의 머릿속에 괜찮은 아이디어가 떠올랐다.

"형, 속도는 역시 최대 속도지?"

열정이 언제나 넘쳐흐르는 상준을 위한 제안. 잠시 망설이던 상준은 패기 있게 고개를 끄덕였다.

"그러엄."

도영의 꾐에 넘어간 상준은 러닝 머신을 최대 속도로 올리고선 다시 달리기 시작했다. 엄청나게 빨라진 속도에도 흐트러짐 없이 달리는 상준. 금방 헉헉대며 내려올 거라 예상했던 도영의 얼굴에 당혹스러운 빛이 스쳐 갔다.

'고통받으라고 한 건데 왜 저렇게 잘 뛰지?'

급기야 상준은 해맑게 도영에게 말을 걸어오고 있었다.

"근데 그거 알아?"

"뭐… 뭐를?"

"원래 러닝 머신 뛸 때 라이브 연습 하는 거야."

실제로도 라이브 연습을 위해 러닝 머신을 뛰면서 노래하기도 한다지만. 지금의 상준은 최고 속도다.

'괴물인가.'

도영은 두 눈을 끔뻑이며 천천히 입을 뗐다.

"아……. 이 와중에 연습을 한다고?"

"생각보다 안 힘들어."

어차피 탑보이즈만 있는 헬스실. 상준은 태연한 표정으로 정말 열창하기 시작했다.

"나는 궁금한 게 많아―"

"아니, 갑자기 에스크를 부른다고?"

"에스크 미―, 에스크 미―"

진귀한 광경에 아령을 들고 있던 유찬도 인상을 찌푸리며 뒤를 돌았다. 문제는 저렇게 빨리 뛰면서도 전혀 흔들리지 않는 음정. 아까 힘겹게 숨을 내뱉던 걸 생각하면 진작에 삑사리가 나도 이상하지 않을 상황이었다. 그런 상황 속에서 저렇게 탄탄한 가창력을 보여주다니.

　"진짜 괜찮아?"

　도영은 그새 상준의 완벽한 연기력에 넘어가고 있었다.

　"그럴싸하긴 한데……."

　"너도 해볼래?"

　상준은 이때다 싶어 은근슬쩍 도영에게 제안을 던졌다. 세상 평온한 얼굴로 러닝 머신에서 내려온 상준. 헐떡이지도 않는 상준을 보니 홀린 듯 러닝 머신에 타는 도영이다.

　"너도 당연히 최대 속도지?"

　"으음."

　"안 힘들다니까."

　"진짜지?"

　고개를 끄덕이며 도영을 출발시키는 상준.

　띡. 띡. 띡.

　미친 듯이 버튼을 눌러 속도를 올려 버리는 상준이다.

　그렇게 최대 속도로 올리자.

　"멈춰, 멈춰, 멈춰!"

　라이브는커녕 1분도 지나지 않아서 울려 퍼지는 곡소리.

　"…흐음."

　씨익 웃는 상준을 보며, 도영은 자신이 걸려들었음을 직감했다. 상준은 콧노래를 흥얼거리며 허공을 올려다보았다.

「운동 신경의 천재」.

평온함을 유지할 수 있었던 상준의 비결이 저 위에 있었다.

"으아악! 멈춰달라니까!"

고통받는 도영을 바라보며 상준은 해맑게 말을 던졌다.

"나는 안 힘들었는데."

"……!"

"너는 조금 힘들지도?"

*　　　*　　　*

"허억… 헉. 죽을 뻔했다."

저 구석에서 도영이 중얼대는 사이, 반대편 구석에선 제현이 평화롭게 바른 자세로 앉아 있었다. 마치 속세를 벗어난 듯 한없이 소탈해 보이는 제현. 여기저기 돌아다니며 멤버들을 살피던 송준희 매니저가 불쑥 말을 걸었다.

"제현이는 뭐 해?"

아까부터 매트 위에서 움직이지도 않고 가만히 앉아 있다. 운동하라 했더니 제자리에서 1센티도 움직이지 않는 바람직한 모습. 제현의 입에서 당당한 한마디가 흘러나왔다.

"명상 중이요."

"운동한다며……?"

"몸에 좋아요."

으아악.

송준희 매니저의 시선은 또다시 곡소리를 내고 있는 도영에게로 향했다.

털썩.

몇 걸음을 걸어가던 도영은 휘청거리며 앞으로 고꾸라졌다.

"…쟤는 왜 갑자기 풍선이 됐냐?"

"풍선?"

"그 있잖아. 대리점 앞에서 춤추고 있는 풍선."

유찬은 선우에게 말을 걸며 흐느적거리는 도영을 빤히 바라보았다. 오늘도 어김없이 고통을 자초하는 도영이었다. 송준희 매니저는 물 한 병을 건네며 도영에게 다가갔다.

"그만들 무리하고. 다들 준비해."

콘서트가 끝난 후 줄곧 들떠 있었던 탑보이즈다.

하지만, 희소식은 거기서 끝나지 않았다. 이윽고 송준희 매니저의 입에서 충격적인 한마디가 튀어나왔다.

"오늘부터 레슨 빡셀 거야."

"레슨이요?"

"레슨……?"

안무 레슨이야 평상시에도 받지만 멤버들이 놀란 건 그 때문이 아니었다. 저렇게 안무 레슨이 빡셀 거라고 대놓고 경고하는 이유는 하나밖에 없었기 때문이었다.

상준과 유찬은 동시에 눈빛을 교환하며 침을 삼켰다.

원래 있던 안무 레슨이 빡세진다는 소리는…….

"저희… 컴백해요?"

5개월 만에 컴백이 다가왔다는 소리였다.

                    *   *   *

"와."

"이거예요?"

그토록 기다리던 앨범의 컨셉. 정규 2집 준비를 위해 모인 멤버들은 뮤직비디오와 노래 컨셉을 확인하고선 다소 놀랐다.

"완전 다른데?"

탑보이즈가 추구해 왔던 방향과 180도로 달라진 앨범 스타일 때문이었다. 그동안 청량한 노래 위주로 보여줬으니 이번에는 다른 느낌으로 들어가 보자는 제안.

"어떤 거 같아?"

"저는 괜찮은 거 같아요."

파워풀한 스타일의 노래도 시도해 보고 싶었던 유찬은 조승현 실장의 말에 고개를 끄덕였다. 상준은 신중한 표정으로 뮤직비디오의 스토리라인을 읽어나갔다.

"이게 에스크랑도 이어지는 거죠?"

'모닝콜'에서 이름 모를 이의 전화를 받았던 탑보이즈. 수신인의 말을 듣고선 탑에 오르겠다는 제안에 빠져든다. 그렇게 탑을 오르기 위해 노력했던 것이 'EIFFEL'이라면, '그 위에서'는 마침내 그 위에 올라선 멤버들의 이야기를 다루고 있었다.

그리고.

"아, ASK가 이렇게 이어지는구나."

'이곳은 정상이 맞는 걸까.'

마지막 대사를 읊었던 선우는 신곡 타이틀의 스토리를 확인하고선 고개를 끄덕였다.

무너지는 탑과 꿈을 좇기 위해 분투하는 내용.

그만큼 강렬하면서도 화려한 퍼포먼스가 주가 될 앨범이었다.

"퍼포먼스 위주로 정말 신경 써서 한다고 생각하고."

"넵."

그간 국내 무대에만 주로 머물렀던 탑보이즈다. K—POP에 열광하는 해외 팬들을 사로잡기 위해서는 이런 화려한 퍼포먼스가 중요했다. 낯설지만 의미 있을 도전.

"이번 앨범 끝나면 해외 투어도 돌 생각이니깐."

"……!"

"제대로 준비해 보자."

조승현 실장의 말에 멤버들의 두 눈이 불타올랐다.

"해외요……?"

상준은 침을 삼키며 조승현 실장을 빤히 바라보았다.

'글로벌 아이돌이 되고 싶다.'

괜히 추상적으로 읊었던 말들이긴 했지만, 기회가 된다면 그 꿈을 현실로 만들어보고 싶었다. 언제까지고 좁은 무대에만 갇혀 있을 수는 없으니, 더 큰 물을 향해 나아가고 싶은 마음.

어쩌면 욕심일지 모르겠지만 이번 앨범으로 도전해 보고 싶어졌다.

그렇게 상준이 속으로 중얼거릴 즈음, 조승현 실장이 고개를 돌리며 말을 뱉었다.

"아, 그런데, 상준아."

"네?"

갑자기 자신을 부르는 목소리에 상준은 화들짝 놀라 되물었다. 조승현 실장은 볼펜을 빙그르르 돌리고선 말을 이었다. 한참을 고민한 듯 다소 신중해 보이는 눈빛으로, 그는 조심스럽게 입을 뗐다.

"아까 컨셉은 확실히 숙지했지?"

"아, 네."

"그러면……."

아까 줄줄 설명했던 앨범의 컨셉을 갑자기 물어보는 이유. 상준은 영문을 모르겠다는 표정으로 두 눈을 끔뻑였다.

그 순간, 조승현 실장의 입에서 묵직한 말이 흘러나왔다.

"작곡, 할 수 있겠어?"

"네?"

"어……?"

놀란 건 상준뿐만이 아니었다. 컨셉이 이미 정해져 있기에 당연히 곡이 마련되어 있을 줄 알았다. 이미 탑보이즈의 앨범 곡들을 여러 번 작곡해 온 상준이긴 하지만…….

'그것도 투표로 된 거지.'

처음부터 이렇게 타이틀곡으로 정해놓고 밀어줬던 적은 없었다. 그것도 곡이 나오기도 전에.

과감하지만 그만큼 상준을 믿는다는 의미에서의 제안.

잠시 고민하던 상준은 천천히 고개를 들었다.

"네, 해볼게요."

"확실히 까다롭네."

조승현 실장 앞에서는 자신 있게 오케이를 했지만, 막상 모니터 앞에 앉으니 머리가 하얘진 것 같았다. 그간 안 해본 스타일이다 보니 어떻게 접근해야 할지, 재능의 힘으로도 막막한 벽이 느껴졌다.

"왜, 어려워서?"

머리를 싸매고 있는 상준에게 유찬이 다가왔다. 상준은 고개를 주억거리며 짙은 한숨을 뱉었다.

"…쉽지는 않네."

그럼에도 해야 한다.

한참을 고민하던 상준은 마우스를 움직이며 트랙을 배열했다.

"초반 임팩트를 확실하게 주고 싶긴 한데 어떤 사운드를 넣어야 할지 잘 모르겠어서."

조승현 실장이 말한 화려한 퍼포먼스를 도입부부터 확실히 살리기 위해서는 강렬한 사운드가 필요하다. 상준을 따라 고민하던 유찬이 조심스레 말을 던졌다.

"탑이 무너지는 느낌으로?"

"아."

뮤직비디오의 스토리를 떠올린 상준은 고개를 까닥였다. 확실하지는 않지만 대충 알 거 같다. 힙합 스타일의 느낌은 처음이지만 대강 떠오르는 듯 여러 음을 찍어보는 상준.

그의 머릿속에 한 줄의 멜로디와 가사가 동시에 떠올랐다.

여기서 사고를 조금 확장시키면.

"이렇게 들어가면 되나."

빠르게 비트를 찍어가는 상준.

그렇게 1시간 남짓한 시간이 흐르고 나서야, 상준은 땀을 흘리며 헤드셋을 내렸다.

"이런 느낌 어때?"

두두둥.

시작부터 몰아치는 드럼 사운드가 인상적인 곡. 최신 트렌드를 살린 덕에 감각적인 멜로디. 단순히 드럼 비트만 강조하면 시끄러운 곡 그 이상도 이하도 아니다. 고로, 깔끔하고 세련된 곡의 분위기를 살려내는 데 가장 집중했다.

'중독성 있어야 하고, 쉬워야 한다.'

다른 스타일의 곡을 작곡하는 와중에도 상준의 원칙은 변하지 않았다. 도입부와 하이라이트 파트를 연달아 들어본 유찬은 대답 대신 고개를 끄덕였다.

"괜찮아?"

상준은 안도의 한숨을 내쉬며 자리에서 일어났다.

"일단 1차 통과네."

"어? 2차는?"

놀란 눈으로 상준을 따라 일어나는 유찬. 상준은 문을 열어젖히며 결연한 표정으로 말을 뱉었다.

"실장님이지."

*　　　　*　　　　*

"실장님, 실장님!"

해맑게 실장실의 문을 열어젖힌 상준과 유찬. 신곡 시안이 나왔다는 걸 자랑삼아 얘기하려 했는데……. 묵직한 실장실의 공기 앞에서 둘은 제법 당황했다.

"아."

조승현 실장과 마주 보고 앉아 있는 낯선 얼굴을 발견했기 때문이었다. JS 엔터의 장영범 실장, 블랙빈 담당인 그가 조승현 실장과 이야기를 나누고 있었을 줄은 몰랐다.

"죄송합니다."

상준은 고개를 숙이며 반사적으로 인사를 건넸다. 장영범 실장은 너털웃음을 터뜨리며 조승현 실장에게 말을 걸었다.

"애들이 에너지가 넘치네."

"원래 조금……."

조승현 실장은 못 말린다는 듯 웃어 보이며 둘에게 가까이 오라고 손짓했다. 눈치를 보며 가만히 앉아 있는 사이, 조 실장이 자연스럽게 입을 열었다.

"블랙빈은 오늘이 컴백일이죠?"

도영에게 들어 익히 알고 있던 소식이었다. 상준은 두 눈을 반짝이며 장영범 실장을 돌아보았다. 블랙빈의 컴백이라면, JS 엔터에서도 워낙에 큰 행사였다.

사실상 JS 엔터의 축을 이끌어가는 아이돌이나 다름없으니.

주로 해외를 무대로 해왔던 블랙빈에게 국내 컴백은 퍽 오랜만이다. 상준은 미소를 지으며 천천히 입을 뗐다.

"이번에 북미에서 그렇게 인기가 많았다고."

"맞아요. 이번 앨범 뜨면 진짜 난리 나는 거 아닌가요?"

평상시에는 뚱하니 앉아 있던 유찬도 호들갑을 떨며 말을 얹었다. 이미 신인치고는 과분한 성과를 올리고 있는 블랙빈이다. 블랙빈이 해온 길대로 열심히 따라 올라가고 싶었던 그들이었기에, 자연히 블랙빈의 행보에 관심이 쏠렸다.

"그러면 좋지."

장영범 실장은 기분 좋은 웃음을 터뜨리며 고개를 끄덕였다.

그리고.

그 말은 정말 현실이 되었다.

*   *   *

미국 빌보드의 3대 메인 차트 중 2개에 나란히 이름을 올린 블랙빈.

'빌보드 200', '아티스트 100'에서는 나란히 5위를 차지했다.

"와, 진짜 성적 좋네."

도영이 감탄하며 머리를 짚었다. 제현은 도영의 휴대폰 화면을 빤히 내려다보더니 작게 중얼거렸다.

"빌… 뭐시기, 이거 들기 힘든 거 아냐?"

"엉. 우리는 못 들어봤어."

"…야, 슬프게."

그뿐만이 아니었다.

오픈과 동시에 국내 차트 줄 세우기는 물론이고 각종 해외 차트까지 점령해 버린 블랙빈이다. 지난 앨범 성적도 좋았던 건 맞지만 해외 홍보 효과 때문인지 훌쩍 날아올랐다.

"부럽다."

형이 속해 있는 그룹이다 보니 도영은 진심으로 부러워했다.

툭. 휴대전화를 소파 구석으로 던져 버린 도영은 상준을 붙잡고 투덜거리기 시작했다.

"내가 형한테 고기 쏘라고 했거든?"

"어어."

"근데 스케줄 있대. 화나네."

"뭐 때문에 화난 거야."

상준의 일침에 도영은 시선을 돌리며 머리를 긁적였다.

"고기를 안 사준다는 사실?"

말은 저렇게 해도 도영의 진심을 알 거 같았다. 신인으로서는 엄청난 성과를 훅훅 이뤄가고 있는 블랙빈. 1년 뒤에 데뷔한 탑보이즈로서는 초조해질 수밖에 없었으니까.

선우는 멤버들을 돌아보며 조심스레 입을 뗐다.

"우리도 저렇게 될 수 있을까?"

선우의 물음에 상준은 피식 웃으며 답했다.

"못 할 게 뭐 있어. 열심히 하면 되지."

갑자기 열정이 넘치기 시작하는 상준. 열의로 불타오르는 상준의 눈빛을 확인한 도영이 웃어댔지만, 지금 상준은 누구보다 진지했다.

블랙빈이 걸었던 길을 넘어서, 더 뛰어난 가수가 될 수 있지 않을까.

때마침 흘러나오는 음악방송을 유심히 지켜보던 상준은 그렇게 다짐했다.

"블랙빈, 확실히 무대 잘하네."

카메라를 바라보는 여유로운 시선 처리와 어디서도 밀리지 않을 법한 칼군무. 무대 위에서 날아다니는 블랙빈을 보며 상준은 흐릿한 미소를 지었다.

그리고.

'저 자리에 상운이가 있었으면 좋았을텐데.'

한편으로는 그런 생각마저 들었다.

누구보다 빛이 났을 동생이라는 걸 알기에.

한참을 고민하던 상준은 주머니에서 휴대전화를 꺼냈다.

[차은수]

수신인의 이름을 확인한 상준은 메시지 한 통을 보냈다.

[1등 축하한다]

＊   ＊   ＊

블랙빈의 국내 활동이 끝나고, 컴백 예정이던 탑보이즈도 준비에 박차를 가했다.

"어억, 아니, 왜 아직도 덥지?"

9월이 넘었는데도 재킷을 입고 여기저기 뛰어다니다 보니 죽을 맞이다. 앨범 재킷 촬영까지 끝난 도영은 손부채를 하고선 상준에게 다가왔다.

"이거 다음 씬 형이랑 나랑 들어가면 된다던데."

"아, 그래?"

무너진 탑을 헤치고 나와야 하는 씬.

이번에는 CG가 제법 많이 들어가다 보니 초록색 배경을 바탕으로 촬영을 하는 경우도 많았다.

그 문제점은…….

"으윽… 윽."

다소 부끄럽다.

아무것도 없는 허공에서 허우적대려니 민망하기가 따로 없었다. 자꾸만 빨개지는 귀를 만지작거리며 상준은 다시 열정을 되새겼다.

"이번에는 여기 세트 배경으로 안무 촬영 들어갈게요!'

"네엡!"

캄캄한 돌벽이 뻗어 있는 곳. 마치 탑 지하를 연상시키는 음산한 분위기에, 상준은 세트를 둘러보는 데 정신이 없었다.

"와, 확실히 세트부터 간지 나네."

초록색 배경에서 안무를 선보이는 것보다는 이게 낫다.

"촬영 시작합니다."

상준은 카메라를 똑바로 응시하며 고개를 끄덕였다.

이윽고 이번 앨범 「BREAK DOWN」의 강렬한 도입부가 울려 퍼졌다. 도영과 마주 보고서 안무를 이어가야 하는 파트.

"컷!"

원테이크로 빠르게 촬영이 끝난다.

"와, 표정 훨씬 좋아졌는데?"

스태프 팀에서 탄성이 튀어나오자 도영은 뿌듯한 표정으로 말을 쏟아냈다.

"확실히 제가 이런 컨셉도 어울리는 거 같지 않아요?"

"무슨 컨셉?"

촬영 시간 사이에 다가온 메이크업아티스트에게 말을 거는 도영이다. 되물어오는 그녀의 말에 도영은 어깨를 으쓱이며 말했다.

"카리스마 넘치는 컨셉이요."

"누나, 도영이 말은 무시하셔도 돼요."

그새 다가온 유찬이 혀를 차며 다시 가버렸다.

"아니, 내가 어때서?"

"솔직히 도영아, 양심이 있지."

이번만큼은 상준도 도영의 편이 아니었다.

"와, 다들 너무하네."

메이크업을 보정받고선 억울하다는 듯 발을 구르는 도영이다. 사실 말을 그렇게 하긴 했지만, 막상 결과물을 모니터링할 때쯤에는 상준도 놀랐다.

'생각보다 괜찮은데?'

몽환적이고 청량한 분위기를 위주로 활동해 왔던 탑보이즈다.

탑보이즈와 맞지 않는 탈을 쓴 느낌이면 어떡하나, 수없이 고민했다.

노래에서 가장 많이 녹여내려 했던 요소도 바로 그거였다.

'색을 잃으면 안 돼.'

파워풀한 매력으로 수많은 팬들을 이끌었던 블랙빈이다. 각도 있는 칼군무와 화려한 퍼포먼스를 좋아하는 해외 팬들에게 엄청난 열광을 받고 있는 블랙빈의 음악이었지만, 그렇다고 해서 그 스타일을 그대로 따라갈 수는 없었다.

"이게 탑보이즈니까."

바뀐 테마에서도 완벽히 적응해 버린 그들이다.

상준은 꼼꼼히 모니터링을 하며 만족스러운 미소를 지었다. 정규앨범 1집 때 성장하는 탑보이즈를 보여줬지만, 이번 앨범에는 성숙함을 다룰 수 있지 않을까.

화면 속의 멤버들을 보며 상준은 그렇게 생각했다.

그때였다.

"상준아, 상준아!'

갑자기 송준희 매니저가 상준을 애타게 불렀다. 아까까지만 해도 별 얘기 없이 뮤직비디오 진행 상황을 체크하고 있던 그였으니, 잠시 자리를 비운 사이 전화라도 받은 모양이었다.

"무슨 일 있어요?"

평상시엔 침착한 송준희 매니저가 저렇게 부르는 건 무슨 일이 있다는 건데. 다행히 밝아 보이는 그의 표정에 안도하며 상준은 천천히 고개를 들었다.

그런데.

"음악방송 MC 자리가 들어왔는데."

"네……?"

이건 예상하지 못했다.

조승현 실장에게 전화를 받고 오는 길인지 다급히 상준에게 상황을 전하는 송준희 매니저.

들으면 들을수록 상준은 혼란스러워졌다.

"저한테요?"

AGA 뮤직 어워드에서 상큼한 걸 그룹 오르비스를 탄생시켰던 상준이다. 다른 멤버들도 아니고 자신에게 이런 제안이 들어오다니. 상준은 눈살을 찌푸리며 몇 번이고 물었다.

음악방송 MC.

각 음악방송의 간판 같은 자리이자, 보통 화제 있는 아이돌들에게 주어지는 자리였기에 마다할 이유는 없었다. 송준희 매니저는 거친 숨을 몰아쉬며 상준을 설득했다.

"네가 실수도 했잖아. 만회할 기회야."

"그… 그건 그런데."

자신이 없어서 문제다.

'상큼한 걸 그룹 오르비스의 무대 시작합니다!'

공중파에서 또 그런 짓을 하게 된다면, 차라리 쥐구멍에라도 숨어버리고 싶어질 터였다.

"어흑."

망설이는 상준을 향해 송준희 매니저가 쐐기를 박았다.

"그리고 네 파트너도 괜찮더만. 페이스도 잘 어울리고."

"누군데요?"

상준과 함께 음악방송을 진행하게 될 파트너.

송준희 매니저의 말을 들은 상준은 두 눈을 끔뻑였다.

"그… 친구랑요?"

*   *   *

"다음 무대는……. 도영 씨, 뭐라고요?"

"네, 다음 무대는! 상큼한 걸 그룹… 오르비스의 무대가 있겠습니다!"

"와아아아!"

"상큼해! 상큼해! 상큼해!"

망할.

상준은 머리를 짚으며 까불거리는 동생들을 돌아보았다. 음악 방송 MC 제안이 들어온 뒤로 하루가 멀다 하고 저러고 있다. 한 동안 잠잠해졌더니만 다시 놀림받고 있다니.

"하."

상준은 깊은 한숨을 내쉬며 예시 대본을 다시 체크했다.

"이런 식으로 나온다는 거잖아."

이번에는 절대 실수하지 않겠다면서 멘트 읊는 걸 연습하는 상준이다.

"안녕하세요, 저는 탑보이즈의 비주얼 맏형… 이거, 대본이 이상한데?"

"알면 다행이네."

"뭐?"

"아니, 아무것도 아니야."

하지만, 그것만이 준비의 끝은 아니었다.

상준이 대본을 다시 한번 처음부터 읽어 내려가려던 순간.

벌컥.

연습실의 문이 열리고 반가운 얼굴이 들어왔다.

"선배님, 안녕하세요!"

"어?"

상준은 고개를 돌리며 부드러운 미소를 지어 보였다.

"와아아, 연예인이다!"

"아, 차도영. 부끄러우니까 조용히 해."

"반갑습니다!"

"워후, 여길 오셨군요."

탑보이즈 멤버들의 환호성을 이끌어낸 화제의 신인이자, 이번 MC 자리를 함께하게 된 파트너.

바로 유플라이의 아린이었다.

"벌써 연습하고 계셨던 거예요?"

"아, 그건 아니고."

상준은 자리를 내주며 아린을 앉혔다. 오늘 이렇게 둘이 모인 이유는 하나였다.

"같이 듀엣 무대 준비하는 거죠?"

음악방송 MC 선발 기념으로 듀엣 무대를 준비하란다. 지난번에 제안이 들어와서 해본 적은 있었지만.

'멜로 눈깔······.'

그래, 그걸 신경 쓰느라 난리가 났다. 이상한 방향으로 화제가 되어버린 지난 무대를 떠올리며, 상준은 이번 무대만큼은 제대로 꾸며보기로 했다.

유찬은 상준과 아린을 번갈아 바라보며 말을 얹었다. 둘의 듀엣 무대를 기억하는 이들로서는 같은 말을 할 수밖에 없었다.

"이번에는 눈싸움하지들 마시고."

"맞아, 차라리 그냥 쳐다보지를 마요."

"아."

"그런 방법이 있네."

이번에도 멤버들의 조언을 남김없이 주워 담는 아린이다. 두 눈을 반짝이며 도영과 유찬의 말을 깊이 새기는 아린.

'좋은 방향은 아닐 텐데.'

보다 못한 상준이 아린의 어깨를 툭 치며 손사래를 쳤다.

"쟤네들 말은 듣지 마요."

"오늘도 깨달음을 얻은 거 같아요."

"아, 그래요?"

상준 못지않게 열정이 넘쳐흐르는 아린이기에, 상준은 머리를 긁적이며 화제를 돌렸다.

"일단 듀엣곡부터 정해야 하는데……."

음악방송 MC 준비부터 컴백 준비까지. 몸이 열 개라도 부족한 실정이기에 듀엣 무대까지 새로운 곡을 준비할 여유는 없었다. 때문에 괜찮은 듀엣곡을 하나 선정해서 편곡을 우진에게 맡길 계획이었다.

"괜찮은 노래 생각나는 거 있어요?"

상준의 물음에 아린은 턱을 괸 채 깊은 고민에 빠졌다. 듀엣 노래야 종류도 많고 가짓수도 워낙 많긴 하지만, 그중에서도 둘에게 가장 잘 맞을 법한 노래. 막상 그런 기준에서 생각해 보니 떠오르는 노래가 없었다.

"이 노래는 랩이 너무 많이 나와서……."

보컬 위주로 활동하고 있는 둘이니 일단 랩이 많은 노래는 패스하고.

"으음, 이 노래는 어때요?"

그렇게 한참을 고민했지만 쉽게 의견이 좁혀지질 않는다.

머리를 싸매던 아린은 탑보이즈 멤버들에게 조언을 구하기 시작했다.

"혹시 좋아하는 노래 있으세요?"

"아."

"저 있어요!"

아린의 물음에 제현이 적극적으로 손을 들었다.

'불안한데.'

제현의 기상천외한 아이디어를 수없이 접해온 멤버들은 불안한 눈빛을 보냈지만, 그걸 알 리 없는 아린은 두 눈을 반짝였다.

그리고.

상준의 예상대로 제현의 입에서 폭탄 같은 한마디가 튀어나왔다.

"히즈 곤……?"

"헤비메탈을?"

"상준이 형 전문… 으읍."

상준은 다급히 제현의 입을 틀어막으며 고개를 저었다. 애당초 이 녀석들에게 그럴싸한 의견을 바라는 게 더 문제다.

"와, 괜찮네. 둘 다 메인보컬이니까 보컬의 파워를 보여주면 되지 않을까?"

"맞네, 맞아."

맞을 소리는 자기들이 하고 있다.

도영은 자리에서 벌떡 일어나며 다른 의견을 냈다.

"아예 코믹으로 가보는 건 어때? 감자도리 했던 것처럼!"

"아!"

상준은 턱을 괸 채 멤버들의 조언을 되짚었다.

"…나쁘지 않은데?"

'뭐가 나쁘지 않아?'

아린은 속으로 기겁하며 떨리는 눈꺼풀을 들었다.

하마터면 제2의 감자도리가 탄생할 뻔했을 즈음.

"아, 그러지 말고."

가만히 앉아 있던 선우가 불쑥 말을 던졌다.

"이 노래는 어때?"

*   *   *

선우의 도움 덕에 힘겹게 고른 노래는 2010년대 초반에 인기를 끌었던 듀엣곡 '너에게 물들어'였다. 오래된 노래긴 하지만 매년 봄마다 꾸준히 사랑을 받고 있는 곡.

'둘이랑 음역대도 맞고, 목소리도 어울릴 거 같아서.'

서로에게 물들어간다는 달달한 가사와 그 속에 담겨 있는 청량함. 탑보이즈와 유플라이의 스타일을 한데 묶어놓으면 딱 이런 그림이 나올 거 같았다.

"해볼까요?"

리더의 선구안은 옳았다. 상준은 마이크를 쥐고서 아린과 음정을 맞춰갔다.

조금씩 조금씩

네게 빠져들 것만 같아

한 단어 한 단어의 음색을 살려 불러가는 상준. 아린이 그 위로 천천히 화음을 쌓는다.

조금씩 조금씩

네게 다가가고 싶어 난

괜히 유플라이의 메인보컬이 아니다. 듣기만 해도 기분 좋은 아린의 음색에 상준은 입꼬리를 올렸다.

심장이 멈출 것 같아서

고개를 들 수가 없었어

서로 다른 시간을 걸어가는 사람처럼 스쳐 지나가는 둘.

지난번 듀엣 무대와는 달리 제법 편한 미소를 지어 보이며 정면을 바라본다.

물론 서로를 바라본다는 소리는 아니었다.

'절대 눈싸움하지 마. 차라리 쳐다를 보지 말라니깐.'

도영의 조언 덕에 얼굴 한 번 마주치지 않고 이어가는 듀엣 무대다.

너에게 물들어

뚝.
그렇게 1절을 마친 상준은 뿌듯한 미소를 지으며 고개를 끄덕였다.
"아니, 완벽한데요?"
"저도 그렇게 생각해요!"
열정과 열정이 만나니 긍정을 넘어 낙천이 되고야 말았다.
"뭔가 이번에도 역사적인 무대를 만들어낼 수 있을 거 같아요!"
아린은 제자리에서 방방 뛰며 다시 한번 열의를 다졌다.
'지난번 무대는 다른 의미로 역사적이었을 텐데.'
"크흠."
상준은 머릿속에 떠오른 생각을 속으로 삼키며 화제를 돌렸다.
"유플라이도 컴백 준비하고 있어요?"
"아, 그렇죠."
아린은 미소를 지으며 고개를 끄덕였다. 힘들어하던 예전에 비해 훨씬 밝아진 미소다. 지난 앨범에서부터 서서히 빛을 보고 있는 유플라이. 비록 메인으로 밀어주는 아린의 인지도가 가장 높은 상황이긴 했지만, 유플라이도 조금씩 자리를 잡아가고 있는 상황이었다.

"사실 많이 걱정했었거든요."

"뭐가요?"

상준은 탁자에 걸터앉으며 아린에게 물었다. 잠시 허공을 올려다보던 아린은 망설이다 입을 열었다. 사실 이런 무거운 얘기를 꺼낸다는 게 조심스러웠다. 상준을 온전히 믿기에 꺼낼 수 있는 얘기다.

"반짝하고 사라져 버리는 건 아닐까. 그런 걱정이라고 해야 하나."

"아."

"제 인기가 순전히 운 때문은 아닐까. 그런 생각을 했어요."

아린은 상준이 앉은 탁자에 조심스럽게 걸터앉았다. 두 다리를 허공에 휘저으며 말을 이어가는 아린. 상준은 섣불리 대답하는 대신 그녀의 이야기를 묵묵히 들었다.

"제 실력으로 올라온 자리가 아니라는 생각. 그동안 그렇게 죽어라 해도 안 됐던 게, 하루아침에 되어버린 느낌이 들었거든요."

스포트라이트 재능이 아린에게 기회를 안겨준 것은 맞다.

하지만, 그 재능이 없었다고 해서 아린이 뜨지 않았을까.

상준은 그렇게 생각하지 않았다.

'충분히 빛이 나는 사람이니까.'

자신이 아니라고 해도 분명 해냈을 거라고 믿는 상준이었다. 그런 의미에서 상준은 침착한 목소리로 아린에게 물었다.

"왜 운이라고 생각해요?"

"네?"

"왜 운이라고만 생각하냐고요."

굳이 스스로를 깎아내릴 필요는 없다. 앞으로는 더 성장해 나갈 아린이니, 지금은 겨우 그 출발점에 서 있을 뿐이었다. 그건 자신 역시 그랬고.

하루아침에 생긴 재능 덕에 여기까지 왔지만.

설령 운으로 만들어낸 일이라 해도 그 운을 실력으로 바꾸는 건 자신의 몫이 아닐까.

상준은 그렇게 스스로에게 되뇌고 싶은 말을 아린에게 전했다.

"운이 아니라는 걸 보여주면 되잖아요."

"……."

"누가 뭐라 하든 간에……."

아린은 흐릿한 미소를 지으며 고개를 끄덕였다.

"앞으로는 더 잘할 거니까."

"그렇죠."

상준은 피식 웃으며 자리에서 벌떡 일어났다.

걱정은 이만하면 됐으니…….

"그럼 마저 할까요?"

"좋아요!"

아린은 마이크를 쥐며 환하게 웃어 보였다. 이미 노래는 한번 맞춰봤으니 안무와 함께 맞춰보자는 아린의 제안. 상준이 고개를 끄덕이며 '너에게 물들어'의 MR을 켜려 할 때였다.

위이잉―.

"어?"

이해강. 휴대전화 위로 뜬 수신인을 확인한 상준은 의아한 얼굴로 전화를 받았다.

"무슨 일인데?"

―아, 딴게 아니라, 지난번에 도와준 거 고마워서 밥 한번 사려고 했지.

「아이돌 프로듀서」 이후로 몇 번 해강과 연락을 주고받았던 상준이다. 지난 오르비스의 컴백 때 편곡을 도와줬으니 밥을 사겠다는 건데 굳이 거절할 이유는 없었다.

"그래, 일단 나중에 얘기해. 나 지금 듀엣 무대 준비 중이라."

―아, 듀엣? 유플라이 그 친구랑?

아린이 초면에 들이받아 버린 바람에 둘의 사이가 그다지 좋진 않았다. 상준은 아린의 눈치를 슬쩍 보고선 담담하게 답했다.

"어, 그래서 준비 중이야."

상준과 아린이 나란히 음악방송 MC 자리에 서게 되었다는 건 기사로 이미 알고 있었다.

'부럽네.'

괜히 부러워진 해강은 퉁명스레 말을 뱉었다.

―그래, 듀엣 무대 잘하고. 나는 내 여자 친구를 위해 사랑의 세레나데를 불러주러…….

'죽어라! 죽어라!'

상준은 인상을 찌푸리며 휴대전화를 저 멀리 뗐다. 그 와중에 해강은 열심히 불을 마저 지르고 있었다.

―그런 의미에서 탑보이즈 노래 중에 달달한 노래 추천 좀 해 줘봐.

"아, 노래 추천은 내가 또 전문이지."

상준은 주머니에 손을 찔러 넣으며 고개를 까닥였다.

"이번엔 우리가 컴백할 노래 최고거든, 신곡."

—제목이 뭔데?

"BREAK DOWN."

—……!

뚝.

상준은 과감하게 전화를 끊어버리고선 휴대전화를 소파 쪽으로 던져 버렸다.

"누구예요?"

"아."

상준은 대수롭지 않다는 눈길로 어깨를 으쓱였다.

이렇게 얘기하면 대강 알아듣겠지.

"상큼한 녀석이 자꾸 열받게 해서."

"네?"

"다시 들어갈까요?"

이제는 안무까지 합쳐서 들어가면 된다. 준비를 마친 상준이 다시 '너에게 물들어'의 전주를 틀자, 잠시 멍하니 서 있던 아린도 곧장 따라온다.

"듀엣 무대 파이팅!"

"파이팅!"

우렁찬 목소리로 다시 연습에 들어가는 둘이다.

그리고.

그날 저녁.

띠링—.

숙소에서 휴대전화를 뒤적이던 상준은 두 눈을 끔뻑이며 자리에서 튀어 올랐다.

"…뭐?"

해강에게서 충격적인 소식이 전해져 왔기 때문이었다.

＊　　　　＊　　　　＊

뜻밖에도 해강에게서 들려온 소식은…….

"차였냐?"

─말 걸지 마라.

훌쩍거리면서 전화해 놓고 저러고 있다. 상준은 휴대전화를 귀 가까이에 붙인 채 두 눈을 끔뻑였다. 어떻게 하면 해강을 위로해 줄 수 있을까 따위의 따뜻한 생각을 하고 있는 건 아니었다.

"아."

유찬의 기가 막힌 드립을 떠올린 상준은 생글거리며 전화기를 붙들었다.

"그거 알아?"

─뭔데.

상당히 울적해 보이는 해강을 향해 상준이 부드럽게 말을 이었다.

"트랜스포머가 여친이 없는 이유?"

─…어?

"차여서."

위후.

곧바로 욕설이 날라온다.

상준은 전화기를 저만치 떼며 쏟아지는 해강의 욕설을 날려 버렸다. 약 올리는 건 끝까지 잊지 않은 채 마무리는 확실하게 하는 상준이다.

"긍정적으로 생각해. 네가 트랜스포머가 될 수도."

—…뒈질래?

뚝.

더 열이 올랐을 즈음 즐겁게 전화를 끊는 상준이다.

"역시 이 맛이지."

상준은 콧노래를 흥얼거리며 고개를 돌렸다.

그 순간.

"어? 언제 들어왔냐?"

전화 통화를 하고 있을 즈음 소리 소문 없이 들어온 모양이다.

상준은 바로 뒤에 서 있는 제현을 보곤 깜짝 놀란 채 물었다. 제현은 대답 대신 팽이를 손가락 위에 올려둔 채로 작게 중얼거렸다.

"팽아, 잘 봤지? 저렇게 하는 거야."

"……"

"너도 잘 배워서 나중에 상준이 형을 약 올려 주도록 하자."

아니, 달팽이한테 뭘 가르치는 거야.

상준은 머리를 긁적이며 방문을 열고 나갔다. 그때, 거실 소파에 누워 있던 선우가 벌떡 일어서며 말을 걸었다.

"아, 실장님이 아까 연락 오셨는데 듀엣 무대 준비하는 거 내일 스튜디오에서 녹음 있다던데."

"그랬어?"

상준은 소파 옆에 털썩 앉으며 되물었다. 선우는 고개를 끄덕이더니 스케줄표를 건넸다.

"아, 그런데 오르비스랑 끝 시간대가 살짝 겹쳐서 조율하라던데. 지난번처럼 대판 싸우지 말고."

"겹쳐?"

10분가량 겹친다니 크게 문제 될 건 없지만, 스케줄표를 받아든 상준은 잠시 생각에 빠졌다.

'일정이 겹친다고……?'

*　　　　*　　　　*

"이 파트 조금만 힘줘서 다시 불러볼래요? 조금 더 설레게!"

"네, 알겠습니다!"

"워낙 인기 많았던 노래라 제대로 불러야지, 안 그러면 난리나요. 감정 실어서 확실하게 한 번 더 갑시다."

뿔테 안경을 쓴 피디의 말에 고개를 끄덕이며 상준은 다시 마이크 앞에 섰다. '너에게 물들어'의 녹음 현장.

조금씩 조금씩
네게 빠져들 것만 같아

한 파트가 끝나자 바로 오케이 싸인이 떨어진다.

"아, 확실히 감정 좋은데요?"

녹음이 막바지로 진행될 즈음, 상준과 아린은 동시에 화음을 쌓았다. 솔로 가수가 아니라 더 그런 걸까. 서로의 음량을 조절하면서 자연스레 어우러지는 목소리에 PD는 다시금 감탄을 뱉었다.

"그냥 이대로 가도 되겠는데?"

순식간에 끝나 버린 녹음. 원래는 오르비스랑 겹칠 뻔했던 시간대인데 10분 넘게 여유가 생겼다. 상준은 미소를 지으며 스탭들을 향해 고개를 숙였다.

"수고하셨습니다!"

"다들 수고하셨습니다!"

아린 역시 상기된 얼굴로 연신 고개를 숙였다. 상준은 피식 웃으며 아린에게 말을 걸었다.

"오늘은 기분이 좋아 보이네요."

"거의 원테이크로 끝났잖아요. 원래 유플라이 녹음할 때는 엄청 오래 걸리는데. 선배님이 워낙 잘하셔서 그런가, 순식간에 끝나네요."

"에이."

"덕분에 일찍 가서 멤버들 오기 전에 잠이나……."

아.

해맑게 말을 쏟아내던 아린은 두 눈을 끔뻑이며 뒤늦게 수습했다.

"일찍 가서 연습하려고요."

'이미 늦었는데.'

열정 넘치는 아린에게도 저런 면이 있구나 싶어 상준은 피식 웃음을 흘렸다. 상준은 자리를 떠나려는 PD를 향해 넌지시 말을 던졌다.

"정리는 대강 하고 나갈 테니, 오르비스 올 때까지 잠깐 여기 써도 될까요?"

"아, 마음대로 하세요."

뿔테 안경을 쓴 PD는 두 팔을 휘저으며 밖으로 향했다.

"왜요? 마저 연습하시게요?"

"아, 그건 아니고……."

저기 온다.

유리창 너머로 익숙한 얼굴을 확인한 상준은 마이크 앞에 서서 준비하기 시작했다. 다음 턴으로 예정되어 있었던 오르비스의 녹음.

"어, 벌써 끝났어?"

해강이 들어오기가 무섭게 상준은 MR을 틀고서 노래를 부르기 시작했다.

"아직 안 끝났나 본데."

오르비스 멤버들을 밖에 세워두고 먼저 들어온 해강이 소파에 앉았다.

'이 곡만 끝나고 조율하지 뭐.'

절대 지난번처럼 대판 싸우지 말라고 한참 동안 잔소리를 했던 오르비스의 매니저다. 그나마 안면을 트고 지내는 해강과는 달리, 다른 멤버들은 아직 불편해하는 터라 대표로 들어온 해강이었다.

녹음실 부스 위로 잔잔한 발라드 노래가 울려 퍼지자 해강은 호기심 가득한 얼굴로 일어났다.

"발라드를 한다고?"

영문을 모르겠다는 표정으로 두 눈을 굴리고 있는 아린과 다소 즐거워 보이는 상준.

'달달한 노래 한다고 들었는데……'

그 둘을 번갈아 바라보던 해강은 이어지는 다음 소절에 싸늘하게 식었다.

"우리 헤어지자아—"

"……"

"그만 만나자아—!"

노래는 거기까지.

"이 노래가 가장 필요한 한 사람에게 바침… 아아아악!"

해강은 상준의 목덜미를 잡아채며 밖으로 질질 끌고 나왔다.

"언제 또 이런 깜찍한 걸 준비하셨을까."

그제야 상황을 대강 눈치챈 아린은 입을 꾸욱 다물었다.

"너, 지금 즐겁냐! 나 헤어진 게 즐겁냐고!"

"그야 당연히 즐겁… 아악!"

그러게 누가 세레나데로 놀려대래.

상준은 능청스럽게 해강의 말을 받아치며 평화롭게 소파에 앉았다.

"후우."

해강은 나직이 한숨을 내쉬고선 시계를 확인했다. 오르비스 정식 녹음까지는 아직 10분이 남아 있는 상황. 가만히 서 있던 아린을 슬쩍 바라보던 해강은 고개를 돌리며 상준에게 말했다.

"그러지 않아도 전할 말이 있는데."

"아."

맞다, 둘 사이가 애매했지.

상준은 헛기침을 하며 자리에서 일어났다.

"아린 씨, 그러면 다음 주에 무대에서 봐요. 그 전에 한 번 체크할 일 있을 거 같은데, 제가 아린 씨 엔터 쪽으로 갈게요."

"네에!"

해맑게 외치며 나가는 아린을 보고 해강이 놀란 눈으로 혀를 내둘렀다.

"와, 그때 나한텐 살기 장난 아니었는데……."

해강은 아린과의 첫 만남을 떠올리며 치를 떨었다.

'두 달 차이 나도 선배 취급을 안 하시던데, 한 달도 선배라고 부르는지는 몰랐거든요. 제가 좀 헷갈려서.'

그때 그렇게 싸늘하게 내뱉던 신인이 어울리지 않게 밝은 모습이라니. 해강이 작게 중얼거리는 말을 들은 상준은 안도했다.

'저 혼자 탈탈대다 터져 버린 인공위성 파편 같아요.'

뒷말까지 안 들은 게 천만다행이라고. 아마 그 말을 들었었다면 지금의 모습에 더 괴리감을 느꼈을지도 모른다. 하기야 그때는 자신 역시 해강과 죽일 듯 싸워댔으니.

"네가 한둘에게 시비를 건 건 아니지 않냐……."

그러게 착하게 살지.

상준이 안타깝다는 듯 내뱉는 말에 해강은 부들대며 받아쳤다.

"그렇다고 너는 날 위해 노래까지 준비하냐?"

"정성 대박인데, 왜."

"어휴, 말이라도 못 하면."

하여간 단세포다. 금세 확 달아올랐다가 침착해진 해강은 다시 꺼내려던 이야기로 화제를 돌렸다.

"아, 이게 문제가 아니라."

"무슨 일인데?"

"부탁할 게 있어서."

해강은 의미심장한 눈길로 상준에게 입을 열었다.

"…왜 그래, 무섭게."

부탁할 거 있다면서 자기 곡이 어떠냐고 살벌하게 물어왔을 때를 생각하면, 갑자기 이런 부탁은 퍽 부담스럽다.

'신곡 프로듀싱?'

일감이 늘어나는 소리가 들린다. 긴장한 기색으로 침을 삼키던 상준은 이어지는 해강의 말에 당황했다.

"실장님이 곧 말해주시긴 할 건데."

이미 조승현 실장과는 협의가 된 상황. 해강이 건네려던 부탁은 다름이 아니라 방송 출연 건이었다.

"우리 너튜브 공식 채널에 출연해 줄 수 있어?"

너튜브 공식 채널이라면……

상준은 인상을 찌푸리며 되물었다.

"합동 방송을 한다고?"

*　　　　*　　　　*

너튜브가 확장이 되면서 유명 연예인들도 어김없이 뛰어드는 공간이 되었다. 탑보이즈도 너튜브 공식 채널이야 있지만, 주로 공식 뮤직비디오나 유이앱 콘텐츠를 올리는 용도일 뿐 따로 너튜브 방송을 하지는 않았다.

하지만, 오르비스는 달랐다.

'신인인데 벌써 너튜브를 하는구나.'

멤버들끼리 유닛을 나누어 너튜브를 진행하고 있는데, 나중에는 개인 너튜브를 할지도 모른다고 해강에게 들은 바는 있었다. 하지만, 그렇게 오르비스의 너튜브 채널이 생길 때만 해도 몰랐다.

…자신이 이곳에 오게 될 줄은.

"자, 이쪽은 오늘 방송에 함께 출연해 주실 나상준 씨."

"와아아아……."

왜 같은 함성인데 다르게 느껴질까.

자신을 빤히 바라보는 7인조의 상큼한 녀석들을 보며 상준은 두 눈을 열심히 굴렸다.

'살벌하네.'

분명 자신을 반갑게 맞아주는 멘트들을 건네고는 있지만, 새삼 얼굴 표정과 매치가 안 된다. 「무대의 포커페이스」 재능이 있는 상준과 달리 오르비스 멤버들은 해강만큼이나 단순한 성격들이었다.

"하하, 너무 반갑습니다."

그렇게 인공지능처럼 말하지 말라고.

표정에서 감정이 다 드러나는 투명한 녀석들은 상준에게 차례로 악수를 건넸다.

"아이고, 오늘 잘 부탁드립니다."

"어후. 저도 잘 부탁드립니다."

카메라가 없어서 그런지 신경전이 장난이 아니다. 비슷한 시기에 데뷔한 그룹이라 더 경쟁 상대로 생각하는 모양이었다. 눈치 없는 해강도 그 싸늘한 분위기를 느낀 모양인지 대강 수습했다.

"오늘 즐겁게 방송 해봅시다!"

"예에에……."

"아, 네."

"다음에는 아예 탑보이즈랑 함께 해보는 것도 좋을 거 같은데요."

"네, 너무 좋을 거 같네요."

오르비스의 리더가 격하게 고개를 끄덕여 보였다. 저런 사소한 행동 하나하나조차도 굉장히 어색해 보이니, 오늘 방송을 제대로 진행할 수 있을지 의문이 들었다.

"후."

사실 이번 방송 제안은 YH 엔터 쪽에서 먼저 왔다. YH 엔터를 걷어차고 나온 상준이다 보니 그쪽에서는 상준을 좋게 생각할 리가 없었다. 그래서 오르비스도 한층 상준에게 적대적이었고.

최 실장 역시 마찬가지였다. 그 일 이후로 조승현 실장과도 거의 교류가 없는 수준이었는데, 이렇게 먼저 대화를 걸어온 이유는 하나일 터였다.

'불안했겠지.'

오르비스가 탑보이즈와 충돌한 이후로 이미지가 많이 나빠진 건 사실이었다. 「아이돌 프로듀서」로 그나마 회복한 상황이긴 하지만, 이럴 때일수록 확실한 언플이 중요했다.

애네 사이 나쁘지 않아요.

그걸 증명할 만한 건 함께 모여 즐겁게 웃고 떠드는 방송. 그 중에서도 가장 효과적인 너튜브 콘텐츠를 선택했을 뿐이었다.

오르비스 팬덤에게서 시기를 받아온 탑보이즈의 입장에서도 굳이 거절할 필요는 없었던 제안. 그러한 이해관계에 의해 만들어진 자리지만.

'그건 그렇다 쳐도.'

"나상준과 오르비스의……!"

이 껄끄러운 사람들과 함께 해야 할 것이…….

"에이… 에스엠… 알……."

이거일 줄은 몰랐다.

오붓하게 둘러앉아 속삭여야 하는 ASMR 방송.

오늘의 콘텐츠를 확인한 상준은 지그시 눈을 감았다.

'아, 집 가고 싶다.'

*　　　　*　　　　*

껄끄러운 사람들과 단체로 모여서 마카롱을 먹고 있으라니.

문제는 이들 중 그 누구도 제대로 ASMR 방송을 모른다는 사실이었다. 이 콘텐츠로 방송을 할 줄 알았다면 미리 준비해 왔을 텐데 유감스럽게도 실패했다.

바삭.

조심스럽게 마카롱 한 입을 베어 물어야 하는데······.'

"아, 맛있다."

"너, 뭐 하냐."

"아, 고막 테러 하지 말라고!"

열심히 먹방을 찍고 있는 오르비스. 보다 못한 상준이 앞으로 나섰다.

"제가··· 해볼게요오······."

작게 속삭이며 마이크에 초코 칩을 가져다 대는 상준이다. 스케줄이 워낙 바빠 다른 걸 챙겨 볼 틈은 없었지만, 기억을 되짚어 ASMR에 도전해 보고자 한다.

'제대로 부수는 걸 좋아하려나.'

상준은 열정이 넘치는 손길로 초코 칩을 부숴 나가기 시작했다. 그런데, 열정이 너무 과했던 걸까.

―상준아 살려줘······.

―고막이··· 고막이 살짝 다친 거 같아 ㅠㅠ

―아니, 얘들아 누가 그렇게 대놓고 부셔!!

―마이크!! 마이크에서 떼라고!!

"아, 이거 아니에요?"

바삭.

마카롱이 부서지는 소리와 함께 팬들의 멘탈도 함께 부서지고 있었다. 상준은 두 눈을 끔뻑이며 어쩔 줄 몰라 하는 눈길을 오르비스에게 보냈다. 그때, 오르비스의 리더 검은 머리가 말을 걸어왔다.

"제가 해볼게요."

"아, 네. 하세요."

어색해 죽을 지경이다. 마치 상견례를 하러 온 사람처럼 마주 보고 고개만 숙이고 있는 둘. 그걸 지켜본 팬들의 댓글이 쏟아지기 시작했다.

　—아니, 진짜 어색해 보이네 ㅋㅋㅋㅋ

　—얘드라 ㅠㅠ 좀 친해져 봐

　—근데 갑자기 왜 합동 방송 하는 거야?

　—이번 기회에 친해지는 걸로 하자

팬들이 있는 라이브 방송이다 보니 댓글이 이 정도다. 실제로 이게 기사화되면 사소한 거를 트집 잡아 여기저기서 물어뜯을 게 뻔했다. 댓글은 이곳과는 비교도 안 될 거고.

'이러면 안 되는데.'

턱을 괸 채 고민하던 오르비스의 매니저가 해강에게 눈짓을 보냈다. 뭐라도 좀 해보라는 제안. 해강은 손뼉을 치며 자리에서 벌떡 일어났다.

"아, 그러지 말고. 저희 ASMR은 못 하니까 새로운 거 해볼까요?"

"새로운 거요?"

　—??????

—갑자기???
—이 방송 정체성 머임ㅋㅋㅋㅋ
—애들이 너튜브 거의 처음이라서 그럼 ㅋㅋㅋㅋ
—산으로 흘러가는 방송…… ㅋㅋㅋㅋ

해강은 두 눈을 반짝이며 아무 말이나 내질렀다.
'사이가 좋아 보일 만한 미션.'
"마카롱을 서로에게 먹여주면 어떨까요?"
아, 맞다.
'저 녀석 단세포였지.'
어째 생각하는 차원이 1차원에 머물러 있다. 상준은 뒤늦게
손사래를 치며 해강을 말릴 생각이었지만 때는 이미 늦었다.

—신선한 조합인데?
—아니, 이게 무슨 방송이죠?
—오붓함을 이렇게 만들어내네 ㅋㅋㅋㅋㅋ
—억지로 친한 척하는 방송 ㅋㅋㅋㅋㅋㅋ
—도랐 이거 대본 있는 거임?

쏟아지는 반응 덕에 안 할 수가 없다.
"하하하… 하하!"
"너무 즐거워요!"
"저희가 이렇게 사이가 좋아요!"
아, 정말.

진심으로 집 가고 싶다.

                    *   *   *

「오르비스 나상준 합동 방송 '저희 사이 좋아요'」
「어색한 컨셉으로 인기 모은 오르비스 공식 너튜브 50만 뷰 달성」

─아니, 방송 보는데 너무 신박해서 당황했네
 ㄴ진짜 어색해 보이는데 너무 웃김 ㅋㅋㅋㅋ
 ㄴ그래도 사이좋아진 거 같은데?
 ㄴ한 편의 코미디영화 본 기분인데
─저희 사이좋아요 ㅋㅋㅋㅋㅋㅋㅋㅋ
 ㄴ그걸 너무 대놓고 말해서 정신이 혼란스러워짐
 ㄴ그래 얘들아 친하게 지내라 ㅋㅋㅋ
 ㄴ애들이 다 맑아 보여서 좋네 먼가 꾸밈없는 기분?
 ㄴ좀 꾸몄어야 하지 않았을까?
 ㄴㅋㅋㅋㅋㅋㅋㅋ

"아."
상준은 기운 빠진 얼굴로 벽에 기댔다. YH 엔터와 JS 엔터 측에
서 벌써 후속기사를 몇 개 뽑아낸 모양인지 다행히 좋은 방향 쪽
으로 화제를 모은 방송이었다. 어색한 대로 나름 분위기를 살리려
고 노력하는 멤버들의 모습을 좋게 봐준 건지 여론도 퍽 좋았다.
"내가 죽을 거 같지만."

하루 종일 그 어색한 데에서 긴장하고 있었더니 몸이 노곤하다. 상준은 해강과 마주 앉은 채 소주 한 병을 시켰다. 상준은 방송 때부터 잔뜩 지쳐 있는 상황이었지만, 해강은 다른 이유로 넋이 나가 있었다.

"말해봐."

기사도 제대로 확인 안 하고 혼자 축 처져 있는 걸 보니 아무래도 그거다. 사실 별로 궁금하지는 않지만 예의상 물어봐 줘야 할 거 같았다.

"왜 차였는데?"

상준이 물어보기 무섭게 해강은 우울한 표정 그 자체로 입을 열었다.

"아니, 내 얘기 들어보라니깐."

"어엉."

뭔가 대단한 사연이 있는 모양이었다. 해강은 억울하다는 표정으로 말을 쏟아냈다.

"기분이 안 좋은 일이 있었는지 갑자기 연락이 왔단 말야. 자기 우울하니까 밥 같이 먹어달라고."

"엉."

"고기를 사준다길래 행복하게 갔지."

상준은 고개를 주억거리며 해강의 말에 귀를 기울였다.

"그래서?"

"아니, 한 점 먹고 나서 갑자기 배부르다는 거야."

"……"

"남으면 아깝잖아!"

"아깝지?"

이거 어째 대충 무슨 이야기인지 알 거 같은데.

상준은 머리를 긁적이며 해강의 말을 마저 들었다.

"그래서 열심히 먹고 있었지. 걔 거까지."

"네가 다 처먹었구나, 그래."

"아니, 아깝……"

해강은 깊은 한숨을 내쉬며 소주 한 잔을 벌컥 들이켰다.

"아, 씨!"

"…인생은 원래 쓴 거야."

상준의 영혼 없는 말에 눈을 흘긴 해강은 고기 한 점을 마저 밀어 넣으며 말을 이었다.

"근데 갑자기 나한테 뭐라 하는 거야. 너는 지금 이 상황에서 밥이 잘도 넘어가냐고."

"아."

"잘 넘어가지, 그러면. 맛있는데!"

"어휴."

결론은 눈치 없이 고기만 먹다가 차였단다.

상준은 머리를 짚으며 해강의 단순함에 다시금 감탄했다. 마음 같아서는 또 놀려주고 싶지만 진심으로 울적해 보이는 얼굴을 보니 참기로 했다.

"……"

YH 엔터에서 만났을 때만 해도 평생 좁혀지지 못할 악연이라고 생각했다. 자격지심에 가득 찬 단세포 녀석이랑 이렇게 마주 앉아 술 한잔을 나눌 줄은 몰랐으니까.

상준은 소주 한 모금을 간신히 넘기고선 천천히 입을 뗐다.

"힘내라."

"…고맙다."

"근데 그거 아냐."

"뭘?"

상준은 고개를 들며 씁쓸한 말을 뱉었다.

"너는 있다 없었지만 나는 아예 없었어……."

"…아."

싸늘한 정적 속에 잔이 부딪히는 소리만이 울려 퍼졌다.

＊　　　＊　　　＊

뮤직월드 첫 방송 날.

상준은 떨리는 손으로 대기실에서 대본을 쥐고 있었다.

"후우."

수많은 무대에 서봤지만 공식 MC로 첫 방송이라니. 상준은 두 눈을 질끈 감으며 자리에서 일어났다. 연습은 이미 할 만큼 충분히 했다. 그럼에도 실수가 없을 거라고 단언할 수 없었다.

'제발 티 나는 실수만 하지 말자.'

시상식 때도 그랬다.

오플라이와 유르비스까진 자연스러웠다. 거기서 완전히 멘탈이 나가 버리는 바람에 오르비스를 상큼한 걸 그룹으로 만들어 낸 것이었다.

상준은 침착하자며 수없이 되뇌었다.

"잘하고 와!"

첫 방송이라며 나름 응원까지 온 탑보이즈 멤버들. 방방 뛰는 제현을 보며 흐뭇한 미소를 짓고선 무대 뒤편으로 향하는 상준이다.

"준비 다 했어요?"

앞에 서 있던 아린을 발견한 상준은 반가운 얼굴로 말을 걸었다. 메인 MC를 위해 준비되어 있는 스페셜 무대까지. 생방송으로 전부 진행되다 보니 죽을 맛이었다.

아린 역시 덜덜 떨리는 표정으로 정신없이 말을 쏟아냈다.

"와, 저 진짜 떨려 죽을 거 같아요."

"잘할 거예요, 그래도."

애써 위로는 해주고 있지만 상준도 만만치 않았다. 점점 굳어가는 낯빛을 간신히 재능으로 감추며 버티고 서 있는 상준.

그 순간, 스태프들 사이에서 둘의 이름이 불렸다.

"무대 올라가셔야 해요!"

'너에게 물들어'로 시작될 둘의 음악방송 MC 데뷔무대.

"갑시다."

상준은 아린의 등을 떠밀며 무대 위로 올랐다.

벚꽃 나무로 이루어진 세트장. 노래의 분위기에 맞게 달달한 배경을 뒤로하고 '너에게 물들어'의 전주가 울려 퍼졌다.

조금씩 조금씩
네게 빠져들 것만 같아

'이번에는 실수 안 하겠지?'

상준 못지않게 긴장한 탑보이즈 멤버들. 유찬은 무대 아래에서 턱을 괸 채 상준을 올려다보았다. 벚꽃나무 아래에서 감미로운 목소리로 노래를 부르는 상준. 그는 자연스럽게 고개를 끄덕이며 카메라를 응시했다.

"잘하네."

엄청나게 긴장했던 것치곤 여유롭게 카메라를 체크하는 상준이다. 괜히 무대의 제왕이 아니다. 긴장한 것처럼 보였던 아린도 마이크를 손에 쥔 채 생글거렸다.

조금씩 조금씩
네게 다가가고 싶어 난

부드럽게 하나가 되는 둘의 보컬. 흔들림 없는 목소리에 관객석에서 탄성이 튀어나왔다. 지난번 무대에서 보여줬던 눈싸움은 어디로 가고…….

"아, 아예 안 쳐다보는구나?"

이젠 스치지도 않는 둘의 눈길. 도영의 조언을 과감히 흡수한 둘은 서로 무대를 가로지르며 카메라만 빤히 바라보고 있었다.

심장이 멈출 것 같아서
고개를 들 수가 없었어

마주 보고 달달하게 불러야 할 노래인데, 어째 노래 가사를 그대로 따라가는 기분이다.

노래는 분명 좋은데. 각자 떼놓고 보면 참으로 로맨틱한데.

'왜 다른 공간에서 노래를 부르는 것 같지?'

그럼에도 노래는 좋다.

완벽에 가까운 둘의 보컬을 감상하는 동안 팬들은 저도 모르게 봄의 향수 속에 잠겼다.

너에게 물들어

조금씩 물들어

모두가 알 법한 유명한 멜로디와 둘의 뛰어난 라이브 실력은 그 자체로 분위기를 띄워놓기 충분했다. 뮤직월드의 MC로 첫 간판과 같은 무대지만, 걱정했던 실수 없이 무사히 끝났다.

"그렇게 난 너에게 물들어……."

상준이 무사히 마지막 소절을 뱉자마자 함성이 울려 퍼졌다.

팬들은 입을 떡 벌린 채 야광봉을 흔들었다.

"나상준! 나상준!"

"서아린! 서아린!"

하지만, 진짜 정신을 차려야 하는 건 지금부터다.

상준은 무대를 내려가는 대신 마이크를 다시 들어 올렸다.

"안녕하세요, 뮤직월드 시청자 여러분!"

"이번에 새로 뮤직월드의 MC를 맡게 된 아린……."

"상준입니다!"

와아아아.

사전녹화와 생방송의 차이는 부담감일 터였다. 사전녹화는 실수를 하더라도 눈치만 줄 뿐 그걸 바로잡을 수 있지만 생방송은 아니다. 어떤 사소한 실수든 곧바로 지상파를 타고 시청자들에게 전달된다.

말 그대로 살얼음판을 걷는 기분.

상준은 현재 그 한가운데에 내던져져 있었다.

'할 수 있다.'

상준은 속으로 되뇌며 떨리는 손으로 대본을 쥐었다.

"이렇게 저희가 '너에게 물들어'로 무대를 보여 드렸는데 어떠셨나요?"

"앞으로 열심히 할 테니 잘 부탁드립니다!"

시청자들에겐 첫인상이 될 수도 있는 이번 진행.

상준과 아린은 걱정했던 것과는 달리 생각보다 능숙하게 멘트를 주고받았다.

물론 그 와중에도.

파르르.

쥐고 있는 대본이 눈에 띄게 흔들렸지만.

그걸 알 리 없는 도영은 무대 아래에서 작게 감탄했다.

"와, 상준이 형 잘하네. 연습 장난 아니게 하더만."

"그러게. 떨지도 않고 생각보다 엄청 잘하는데?"

선우도 흐뭇한 미소를 지으며 상준을 올려다보았다.

탑보이즈 멤버들의 뿌듯함과 기대를 한 몸에 받고 있다는 걸 알 리 없는 상준은 천천히 입을 뗐다.

"네, 다음 곡은 이수정 선배님의 여름처럼 상쾌한 솔로곡이죠?"

"맞아요, 정말 기대되는 곡인데요. 상준 씨, 제목 소개해 줄 수 있을까요?"

걸 그룹 출신인 이수정이 첫 솔로 앨범으로 컴백했다.

몇 마디를 무사히 마치고 제법 자신감이 붙은 상준은 부드럽게 웃으며 대본을 확인했다.

그렇게 별생각 없이 노래 제목을 확인한 순간.

"……."

상준의 얼굴은 다시 어두워졌다.

*   *   *

생각보다 너무 어려운 난이도의 제목에, 상준의 안색이 곧바로 창백해졌다. 그 이유는.

노래 제목이…….

사랑 그리고 설렘 그리고 너.

'누가 이딴 제목을…….'

상준은 깊은 숨을 들이쉬며 아린을 돌아보았다. 상준이 다음 대사를 읊기를 기다리고 있는 표정이다. 이번에는 확실히 발음이 꼬이지 않기를 위해 천천히 대본을 읽어나갈 생각.

그런데.

"사랑 그리고 어……."

뭐지.

대본을 슬쩍 본 상준은 그대로 패닉에 빠졌다. 하필 암기 천재 재능을 지난주에 반납했던 것이 이렇게 문제가 됐다. 상준은 침을 삼키며 다시 대본을 확인했다.

"설렘 그리고 어… 뭐였더라."

"……."

무의식중 속에 있던 말이 튀어나왔는지도 모르고 상준은 당황한 기색으로 대본을 확인했다.

파닥파닥—.

상준의 손에 들린 대본이 빠르게 넘어간다.

그걸 본 방청석에서 참지 못하고 웃음이 터져 나왔다.

"푸흡."

웃음소리를 들은 상준은 한층 멍해졌다.

'어떻게든 제대로 해야 해.'

그나마 간신히 이어진 마무리.

"그리고… 너입니다."

당황한 아린이 대신 뒷수습에 들어갔다.

"네, 이수정 선배님의 사랑 그리고 설렘, 그리고 너! 시작합니다!"

"와아아아!"

"까아아악!"

그렇게 동생들이 좋아할 법한 먹잇감이 +1 되는 순간이었다.

*　　　　*　　　　*

─버퍼링 걸린 상준 gif.

ㄴ뭐였더라가 젤 웃겼음 ㅋㅋㅋㅋ 당황한 표정

ㄴㅋㅋㅋㅋㅋㅋㅋㅋㅋㅋㅋ

ㄴ그리고 어… 그리고 어… 그리고…….

ㄴ사람이 가장 싫어하는 것 첫 번째는 말을 하다 마는 것이고
두 번째는…….

ㄴ아니 ㅋㅋㅋㅋ

ㄴㅂㄷㅂㄷ

—여러분 잘 생각해 봐요 ㅠㅠ 처음으로 MC 무대 서는 자리가
얼마나 떨리겠어요 그리고 어……. MC 자리가 그리고 어…….

ㄴ두 번 죽이냐?

ㄴㅋㅋㅋㅋㅋㅋㅋㅋㅋㅋㅋㅋ

ㄴ팬들 맞냐고 다들… ㅋㅋㅋ

ㄴ원래 이런 게 더 즐거운 법임!

ㄴ난 아니야! 얼마나 속상했겠어! 그리고 어! 사람이 어! 살다가
어! 실수할 수도 있는 거지!

ㄴ1절만

ㄴㅈㅅㅈㅅ

—왜 아무도 상준 아린 무대는 언급 안 하냐 ㅋㅋㅋ 이번에는
아예 서로 안 쳐다보는 거 레전드였는데

ㄴ거의 듀엣이 아니라 남남이긴 했음

ㄴㅋㅋㅋㅋㅋㅋ

ㄴ아니, 근데 그건 눈싸움이 너무 ㄹㅈㄷ라서 그럼

ㄴ그래 싸우는 거보단 차라리 안 보는 게 낫지 ㅇㅇ

"아, 그리고 어……. 오늘은 안무 연습을 시작해 볼 건데요. 그
리고……."

"야, 그러다가 상준이 형 화내… 그리고 어……."

"네가 가장 나쁜 놈이야, 유찬아."

망할.

대본 못 외워서 한 세 번을 중얼거린 걸 계속 놀리고 있다.

긴장하면 누구나 나오는 말버릇이긴 하다만, 이렇게 생방송 중에 거하게 사고를 치다니. 노래 제목도 제목이지만 그 뒤로도 그다지 다를 건 없었다.

중간에 몇 번이나 버퍼링이 왔는지 모르겠다.

한번 말이 꼬이기 시작하니 머릿속이 새하얘진 기분이었다.

그나마 다행인 것은 스태프들이 퍽 좋게 봐주셨다는 것. 워낙에 열심히 하는 상준의 이미지라 다행히 큰 타박은 없었다.

그것과는 별개로 부끄러워 죽을 지경이다.

"하, 나 찾지 마."

상준은 연습실 바닥에 엎드린 채 두 손으로 얼굴을 가리고 있었다. 신나게 놀려대는 동생을 저 구석으로 밀어 버린 선우가 다가와 말을 걸었다.

"실수할 수도 있지, 왜 그래."

"상큼한 걸 그룹이 나왔어, 이게 나왔어?"

"…비슷?"

유감스럽게도 거짓말을 못 하는 선우다.

상준은 깊은 한숨을 내쉬며 자리에서 벌떡 일어났다. 웬만한 예능은 다 침착하게 잘하면서도 MC 자리에만 서면 저런다. 다음에 실수하지 않으면 된다고 따뜻하게 말해주셨던 현장 스태프들의 말을 떠올리며 상준은 굳게 다짐했다.

"이번 주부터 대본만 달달 외운다."

「신이 내린 암기력」.

암기 천재 재능까지 대여한 상준은 다시 이를 악물었다.

"자, 멤버들."

그 순간, 구석에 카메라를 설치한 도영이 걸어왔다.

팬들을 위해 오늘 안무 연습 영상을 찍을 예정이었다.

"안무 연습 하는 거 찍을까?"

"오케이."

타이틀곡 「BREAK DOWN」의 안무가 나온 상황이었기에 하루 종일 같은 안무만 반복해서 배우고 있었다. 상준은 물 한 모금을 마신 채 자리에서 일어났다.

첫 파트부터 전력을 다해야 하는 곡.

아까까지만 해도 설렁설렁하게 흐느적거리던 멤버들의 눈빛이 바뀐다.

"하나, 둘, 셋, 넷……. 아 여기서 동선이 어떻게 되는 거지?"

유찬은 주머니에 손을 찔러 넣은 채 대략적인 동선을 살폈다. 하이라이트 안무는 대강 완성된 뒤였지만 이렇게 멤버들끼리 조율하는 과정에서 바뀌는 부분이 제법 있었다.

"나 여기서 반대로 손동작 들어가면 안 되나?"

"헷갈려?"

"엉. 제현아, 어떤 거 같은데?"

도영의 물음에 제현은 잠시 고민하더니 고개를 까닥였다.

"다른 건 어때?"

동선이 끝나고 자리를 찾은 뒤 바로 이어지는 동작이 꽤 어려웠는지 걱정스러운 눈길로 도영이 물어왔다. 제현은 턱을 괸 채 잠시 고민했다.

"그건 괜찮은데. 형이 빨리 뒤로 빠져줘야 상준이 형이랑 안 부딪힐 거 같은데, 동선상."

"아, 그런가?"

"그리고 어……."

제현이 작게 중얼대는 소리에 도영이 격하게 반응하며 상준을 돌아보았다.

"야, 제현아, 버퍼링 오면 상준이 형이 되게 예민… 아악!"

괜한 말을 꺼내서 매를 번다. 상준은 도영의 목덜미를 질질 끌고선 훈훈한 미소를 지어 보였다.

"다시 말해봐."

"어……. 그게……. 아악! 아니, 왜!"

"망설이지 말고."

이제는 망설이는 것도 뭐라 하냐며 억울해하는 도영. 뒤에서 열심히 치고받는 둘을 돌아보던 유찬은 혀를 내두르며 선우에게 말을 던졌다.

"근데 오늘 안무 쌤 바뀐다면서."

"아, 맞다."

"꾸에엑……."

"오실 때 된 거 같은데."

그걸 듣지 못한 상준이 도영을 열심히 응징하던 그때.

벌컥—.

연습실의 유리문이 열렸다.

*   *   *

"어?"

"꾸엑?"

상준은 고개를 돌리며 자리에서 벌떡 일어났다.

"어… 어?"

새로운 안무 선생님이 들어온다는 말을 들었지만, 이토록 익숙한 얼굴이 서 있을 줄은 몰랐기에. 별생각 없이 서 있던 유찬도 입을 떡 벌렸다.

'실력 좋으신 분이 새로 오실 거거든. 아마 너네랑도 잘 맞을 거 같은데.'

이걸 다 알면서 그렇게 둘러댔다니.

어쩐지 즐거워보이던 송준희 매니저의 얼굴을 떠올리며 유찬은 차게 식었다.

그도 그럴 것이.

저 문을 열고 들어온 것이……

"김광현 안무가님?"

스페인에서 탑보이즈에게 스트릿 댄스의 기본을 알려주었던 그 유명한 안무가 김광현이었기 때문이었다.

덤으로.

'진짜… 개빡세다고요.'

'야, 이미지 관리.'

그때 스페인에서 골골대면서 하루 종일 쓰러져 있었던 기억이 떠오르니 퍼뜩 정신이 든다.

망했다.

상준은 침을 삼키며 유유히 걸어오는 김광현 안무가를 바라보았다.

"다들 오랜만이지?"

"네, 안녕하세요!"

"와, 여기서 뵐 줄은 몰랐는데."

JS 엔터에 당분간 다시 복귀하기로 했다며 거울 앞에 서는 김광현 안무가. 그는 손뼉을 한 번 쳐 보이며 탑보이즈 멤버들을 둘러보았다.

"컴백이 얼마 안 남았다고 들었는데 제대로 해봅시다."

"아."

"네엡!"

우렁차게 대답하면서 빠르게 동공이 흔들린다. 도영은 유찬의 눈치를 살피며 작게 속삭였다.

"망한 거야?"

"그런 듯?"

풀로 몇 시간을 달릴 게 분명했다. 상준은 「운동 신경의 천재」 재능을 새롭게 대여하길 잘했다고 안도하며 자리를 잡았다.

잠시 멤버들을 천천히 훑어보던 김광현 안무가는 입을 뗐다.

"우선 한번 보여줄래?"

"넵!"

"시작할까요?"

그리고.

곧바로 「BREAK DOWN」의 화려한 도입부가 연습실에 울려 퍼졌다.

기억을 되돌려
어디서부터 잘못된 걸까
천천히 어둠 속을 따라가

상준과 유찬이 다리 모양을 만들자마자, 가벼운 제현이 뛰어넘으며 막힘없는 퍼포먼스를 선보였다. 평상시에는 멍하니 있는 녀석이지만 적어도 무대 위에선 제법 프로 같다.

아무런 고통도 없이
영원할 거라 믿었던 내 바람은
한 줌의 재가 되었어

그다음으로 도영의 화려한 안무.

맨 앞에서도 흔들리지 않게 배열을 맞춰가며 능숙한 표정 연기를 선보인다.

김광현 안무가의 시선이 느껴져서인지, 연습인데도 실전처럼 연습실을 뛰어다니는 탑보이즈 멤버들. 워낙 격한 안무라 중간중간 숨이 턱턱 막힐 지경이다.

팔 동작의 끊김 없이 화려하게 움직여야 하는 파트.

그 믿음조차 거짓이었던 걸까
I fall in failure

상준의 독무 파트였다.

상준은 오른편으로 튀어나와 유연하면서도 절도 있는 동작을 이어나갔다. 강약 조절이 확실히 들어간 상준의 춤 선에 김광현 안무가는 놀란 눈을 떴다.

'스트릿 댄스.'

스페인에서의 수업 뒤로 안무에 꽤나 신경을 썼던 상준이다. 그 덕분인지 안무 실력은 이전보다 훨씬 올라 있었다. 김광현 안무가는 팔짱을 낀 채 멤버들의 안무를 살폈다.

전체적으로 밸런스 있는 안무. 누구 하나 튀겠다며 조화로움을 깨는 일이 없었다. 동선도 그랬다. 서로 합을 많이 맞춰보아서인지 간격이 딱딱 맞아서 지적할 틈이 없었다.

다만, 아쉬운 점은 하나 있었다.

뚝.

"잠깐만."

김광현 안무가는 노래를 끄고선 말을 뱉었다. 갑작스러운 그의 말에 탑보이즈 멤버들의 시선이 그에게 쏠렸다. 상준은 침을 삼키며 김광현 안무가의 말에 귀를 기울였다.

지난번 수업을 겪어본 입장에서 김광현 안무가가 워낙 타이트한 스타일인 건 맞지만 적어도 틀린 말을 하지는 않았다. 유명한 안무가답게 하나하나가 귀중한 조언. 그에게 춤을 배운다는 것 자체가 더할 나위 없는 기회라 생각했다.

"너무 힘이 들어가 있는데."

"네에."

"특히 도영이."

김광현 안무가 도영을 지적하자 제현은 두 눈을 크게 떴다.

탑보이즈의 메인 댄서인 도영이다. 평상시엔 튀는 독무 파트가 주어진 적이 거의 없기에 눈치채지 못했지만, 사실 춤 선으로만 놓고 봤을 때 도영이 가장 파워풀하고 깔끔한 편이었다.

하지만, 김광현 안무가는 오히려 그 점을 지적했다.

"힘을 전부 다 쓰지 말고 분산하는 법을 배워야 돼."

"분산하는 법이요?"

"그렇게 처음부터 다 쓰니까 후반에 흐트러지는 거야."

사실 도영의 보컬 실력 자체는 크게 허점이 없는 편이었다. 시원시원한 가창력 덕분에 서브보컬을 맡고 있는 데다 라이브도 퍽 잘했다. 하지만, 춤과 함께 라이브를 이어갈 때는 상준과 달리 버거워하는 경우가 많았다.

"이쪽에 힘을 다 써서 그래."

강약 조절이 확실히 들어가야 하는데 칼군무를 맞추느라 너무 힘을 다 쏟는다. 그 탓에 부드럽게 흘러갈 동작도 다소 끊어져 보인다는 김광현 선생의 조언.

"와."

그의 쏟아지는 조언에 멤버들은 넋을 놓은 채 그대로 수업을 따라갔다. 스페인에서 잠깐 봤을 때도 엄청 밀도 있는 수업을 보여줬던 그였지만 그건 약과였다.

"허억… 헉."

"꾸에엑."

"언… 제 끝나요?"

상준조차 백기를 든 채 바닥에 엎어졌을 즈음에야 간신히 쉬는 시간이 주어졌다. 도영은 손으로 부채질을 하며 골골댔다.

"아, 진짜 개힘들다."

"이미지 관리."

"멍멍이 힘들다."

"…팽이는?"

갑자기 훅 들어온 팽이.

제현은 유리 상자에 담아 온 팽이를 보여주며 도영의 옆에 붙어 앉았다.

"팽이한테 한 말씀 해주세요."

"에스카르고 먹고 싶… 아악! 왜 때려!"

이제는 급기야 막내한테 맞고 있다.

상준은 혀를 내두르며 물 한 모금을 들이켰다.

앉은 지 얼마 되지도 않았다. 거의 쉼 없이 세 시간가량 수업을 이어갔으니 쉬는 시간이라도 좀 주지 않을까.

그런 착각 속에 빠져 있을 때였다.

짝.

불안한 손뼉 소리가 멤버들의 머리 위에서 울려 퍼졌다.

"자, 일어나."

"네에에?"

"예?"

"에이, 설마요."

두 눈을 끔뻑이는 멤버들을 일으켜 세우는 김광현 안무가.

그의 입에서 믿기지 않는 한마디가 튀어나왔다.

"바로 그거 연습 들어가야지. 너네 예능에서 선보일 퍼포먼스."

"예능이요?"

"예능이면……."

떠오르는 게 하나 있다.

모두의 머릿속에 동일한 단어가 떠오른 순간.

"…망했네?"

상준은 나직이 되뇌었다.

*　　　*　　　*

예능에서 가장 많이 나오는 퍼포먼스 중 하나인 2배속 댄스.

말 그대로 기존 노래를 2배속으로 선보이는 건데, 다른 노래라면 모를까 이번 신곡은 난이도가 상당했다.

'이걸 2배속으로 한다고?'

원래 속도여도 워낙 템포가 빠른 곡이다 보니 동선이 꼬일 수가 있었다. 그렇다고 아이돌 프로에서 가장 많이 시킬 법한 퍼포먼스를 포기하자니 그럴 수는 없고, 이렇게라도 따로 연습을 해두는 것이었다.

문제는.

"지… 지금요?"

"자, 다들 일어나자."

도영은 헐떡이며 좀비처럼 자리에서 일어났다. 이미 반쯤 넋을 놓은 제현은 구석에 설치된 카메라를 향해 다가섰다.

손가락에는 팽이를 올려놓은 채로.

"우리 팽이가 2배속으로 기어가고 있어요."

"……."

"상추도 2배속으로 먹어요!"

이제는 살짝 정신을 놓은 거 같다. 옆에 앉아 있던 도영이 기겁하며 김광현 안무가를 불렀다.

"선생님, 이제현 미친 거 같아요!"

"짜란다. 우리 팽이! 2배속!"

일부러 저러면서 해맑게 시간을 끌고 있다. 유감스럽게도 FM인 상준에 의해 제지당했지만. 제현은 상준이 다가오자마자 두 팔을 내저었다.

"아아, 안 할래."

"어림도 없지."

상준에게 목덜미가 잡혀 질질 끌려가는 제현.

"후우."

팽이는 다시 케이스로 돌아가고 이제는 정말 2배속 댄스를 연습해야 할 시간이다.

두두둥.

강렬한 드럼 비트와 함께 「BREAK DOWN」의 전주가 다시 울려 퍼졌다. 2배속 댄스를 안 해보진 않았으니 빨라질 거라는 것쯤은 대강 예상하고 있었다. 이 정도일 줄은 몰랐지만.

"와, 미쳤다."

아까와는 비교도 되지 않을 정도로 빠른 비트.

잠시 정신을 놓고 있었던 제현은 우왕좌왕하며 앞으로 튀어 나갔다.

"으아아악!"

"개힘든데……?"

BREAK DOWN
그 잔해 속을 헤쳐 나와

어차피 라이브로 이걸 할 일은 없겠지만 립싱크만으로도 버 겁다. 2배속으로 랩을 쏟아내자니 죽을 지경. 유찬은 고통받으 면서도 여유로운 표정을 보여주려 노력했다.

무엇이 진실일까
I fall in failure

하지만 그것도 잠시.

"아……."

2배속으로 갈려 나가는 기분. 절도 있는 동작을 보여주겠다 는 바람은 허공으로 공중분해 되고야 말았다. 디테일은커녕 동 작 하나하나와 동선을 맞추는 데 급급하다.

"으어억."

허둥지둥 한 번의 2배속 댄스를 마치고 나니 다들 그대로 바닥에 엎어져 버렸다.

"아니, 이걸 이렇게 힘들어하면 어떡해."

"힘든 게 정상 아니에요?"

김광현 안무가는 어깨를 으쓱이며 상준을 돌아보았다. 녹초가 된 다른 멤버들 사이에서 그나마 정신을 붙들고 있는 상준이다.

"상준이는 멀쩡한데?"

"아… 안 멀쩡해요."

「무대의 포커페이스」 때문에 그렇게 보인 모양이다. 상준은 격한 손사래를 치며 멀쩡함을 부정했다. 김광현 안무가는 피식 웃으며 혀를 내둘렀다.

"2배속 댄스 한 번 했다고 뻗으면 안 되는데."

"……."

알긴 알고 있다.

첫 번째 도전이라서 그런지 더욱 실수가 많았던 2배속 댄스.

물론 웬만한 아이돌은 다 힘들어하는 도전이다 보니 실수해도 귀엽게 봐주실 팬분들이 대부분이겠지만 괜한 오기가 생겼다.

"다시 할까?"

상준은 두 눈을 반짝이며 자리에서 벌떡 일어났다.

밑에서 누워 있던 유찬이 다급히 상준의 입을 틀어막았다.

"어, 다시 하자고?"

그새 상준의 말을 들어버린 김광현 안무가. 그가 능청스럽게 뒤를 돌자 유찬은 어색한 미소를 지으며 고개를 저었다.

"그, 그럴 리가요."

물론 안 통한다.

"자, 다들 다시 일어나!"

스파르타식의 안무 연습.

"꾸에엑……."

단체로 골골대며 간신히 자리에서 일어났다. 지쳐 보이는 멤버들을 향해 김광현 안무가가 말을 던졌다. 그나마 위안이 될 만한 소리.

"이렇게 빠르게 한 번 연습하면 나중에 원곡은 더 쉽게 느껴진다니깐."

2배속에서도 최대한 디테일을 살려보자는 김광현 안무가의 제안에 멤버들도 고개를 끄덕였다.

"다시 해볼게요!"

그때는 몰랐다.

다른 의미로 이걸 쓸 일이 생길 줄은.

*　　　　*　　　　*

두 번째 뮤직월드 출연 날.

정식 컴백이 아닌 MC로서 무대에 서는 거지만 긴장감은 장난이 아니었다. 오히려 첫 주 차보다도 더 떨리는 것 같았다.

상준은 거친 숨을 들이쉬고 내쉬며 정신을 가다듬었다.

"아, 떨린다."

오늘은 멤버들 없이 혼자 와서인지 대기실이 한층 더 황량하게 느껴졌다. 상준은 대본을 마지막으로 체크하며 물 한 모금을 들이켰다.

이미 언변술 재능을 체화한 데다가 암기 재능도 지니고 있는 상준이다.

"잘하겠지."

실수만 안 한다면 충분히 할 법한 싸움. 상준은 대본을 들고 선 천천히 자리에서 일어났다.

"자, 시작할게요."

"아, 네."

연습은 충분히 했다. 첫 주 차처럼 말려들지만 않는다면 해낼 수 있을 거라는 확신. 상준은 스태프를 따라 복도를 지나쳐 무대 뒤편으로 이동했다.

"어, 선배님!"

그곳에는 익숙한 얼굴이 서 있었다. 오늘은 노란 원피스를 입고서 생글거리고 있는 아린이다. 상준은 일찍이 도착한 아린을 보곤 반가운 기색으로 다가섰다.

"이번 주도 준비 다 했어요?"

상준은 인사치레로 묻다가 살짝 멈칫했다. 사실 지난주에는 자신이 거하게 실수를 해서 문제였지 아린은 제법 침착했다. 방송 경력으로 치면 상준이 더 많을 텐데도 패닉이 온 상준을 챙겨줬던 아린의 진행.

'내가 할 말이 아니네.'

상준은 헛기침을 하며 고개를 돌렸다. 상준의 머쓱함을 눈치챘는지 스태프 중 하나가 다가와 물을 내밀었다.

"잘할 거 같으니까 너무 걱정하지 말아요."

긴장한 기색이 역력한 상준을 챙겨주는 스태프들. 지난주의 실수에 죄송해서라도 이번에는 제대로 보여주겠다며 다짐하는 상준이다.

그리고.

"올라갈게요!"

무대 위로 올라서자 카메라의 빨간 불이 켜졌다.

"네, 돌아온 뮤직월드! MC 상준."

"아린입니다!"

"와아아아아!'

이번 주도 진행은 생방송이다. 상준은 침착한 표정으로 대본을 내려다보았다. 이미 다 외웠고 막힘없이 읊을 자신이 있다.

"첫 번째 무대는 어떤 분들의 무대죠?"

"오늘 데뷔무대를 선보일 라이트의 무대가 준비되어 있는데요."

첫 무대는 무려 신인의 데뷔무대가 준비되어 있었다.

'데뷔무대……'

그 자리가 얼마나 떨리는 자리인지 알기에 더욱 실수해서는 안 된다는 압박감이 들었다. 상준은 한층 차분한 목소리로 아린과 멘트를 주고받았다.

"저희 데뷔한 지 오래되지는 않았잖아요. 상준 씨는 데뷔무대 기억나세요?"

"네, 생생하게 기억나죠."

데뷔무대에 대한 기억 덕분일까. 아린과 말을 주고받으면서 상준은 그때를 회상하기 시작했다. 아린은 부드럽게 웃으며 마이크를 들었다.

"그럼 라이트분들한테 해주고 싶은 말 있어요?"

눈앞에서 반짝이는 카메라의 빨간 불빛도 서서히 멀게 느껴진다. 상준은 진행자가 아닌, 1년 차의 아이돌로 카메라 앞에 섰다.

"많이 떨리고 또 긴장되실 텐데."

"네네."

"긴장은 제가 하니까 라이트분들은 긴장하지 말고 좋은 무대 보여주세요!"

푸흡.

본의 아닌 셀프 디스에 방청석에 있던 팬들 사이에서 웃음소리가 들렸다. 상준은 씨익 웃으며 다음 멘트를 이어갔다.

"그러면 화려한 퍼포먼스로 무대를 장악할 혜성 같은 신인, 라이트의 '잡아줘' 무대 보러 갈까요!"

"예에에에에!"

"꺄아아아!"

관객석 사이로 울려 퍼지는 함성.

상준은 여유로운 미소를 지으며 대본을 내려놓았다.

"와."

떨려서 미칠 것 같다. 표정 관리는 잘하고 있는 상태지만 덜덜 떨리는 상준의 손이 지금의 긴장감을 증명하고 있었다.

하지만.

해냈다.

상준은 아린과 마주 보며 눈웃음을 지었다.

"네, 이번 무대도 잘봤습니다!"

"와아아아!"

그 뒤에도 상준의 진행은 안정적이었다. 처음에는 긴장 탓에 패닉이 와서 외워놨던 대본도 제대로 눈에 들어오지 않았지만, 엄청난 연습 덕일까. 이제는 제법 정상 궤도를 찾아간 진행이었다.

'하면 되는구나.'

주위에선 괜찮다고 다독여 줬지만 일주일 동안 퍽 걱정했던 상준이다. 그런 상준을 따라 걱정하고 있던 송준희 매니저도 무대 아래에서 흐뭇한 미소를 지었다.

"뮤직월드 9월 2주 차 1위 후보를 공개해 주세요!"

"두구두구두구."

이제는 제법 웃으면서 자연스럽게 카메라도 바라보는 여유가 생겼다. 순위 발표가 끝나고 이번 주 1위 아티스트에게 트로피를 건네주는 상준.

"축하합니다."

축하를 해주는 입장이지만 이것은 이것대로 감격이었다.

처음에는 마냥 떨리기만 했던 진행의 묘미. 상준은 방송이 끝나갈 때쯤에야 그 묘미를 알 수 있을 거 같았다.

스스로 빛나는 것보다도 남을 비춰주는 존재.

그것이 MC의 역할이라는 게 퍽 실감됐다.

그리고 무엇보다.

그토록 불안해하던 진행을 처음으로 완벽히 마쳤을 때. 무대를 뛰었을 때와는 또 다른 전율이 온몸을 감쌌다.

마지막까지 흔들림 없이 마무리해야 한다.

상준과 아린은 마이크를 든 채 환한 미소를 지었다.

"뮤직월드 시청자 여러분!"

"다음 주에 만나요!"

점점 위로 올라가는 지미집 카메라.

"와아아아!"

팬들의 환호성 속에서.

상준은 뿌듯한 미소를 지으며 고개를 들었다.

*　　　　*　　　　*

"와, 잘하더라 진짜."

"크으. 역시 오랜만에 돌아온 우리 센터."

"아니, 언제 적 마이픽 센터야."

상준은 피식 웃으며 자신보다 신이 난 멤버들을 돌아보았다. 실수를 안 해서 놀릴 거리가 없다는 거에는 퍽 아쉬워하면서도 상준이 얼마나 긴장했는지 알기에 축하해 주는 멤버들이다.

아무리 그래도 이렇게 떼로 모여서 칭찬받고 있자니 쑥스럽다.

"진행 잘해! 와아아!"

"…제발. 조용히."

복도에서 폴짝거리는 도영을 간신히 제지하고 주변을 돌아보는 상준. 그러면서도 이미 어깨는 으쓱이고 있다.

"조금 잘하긴 했지?"

"예에에!"

한번 MC로 한바탕 굴러봐서인지 이제 웬만한 긴장감에는 적응한 것 같다. 이번 컴백 무대도 긴장 없이 잘해낼 수 있으리라는 확신이 들었다.

"오늘 보컬 연습부터 들어간대."

"스케줄 장난 아니네."

음악방송이 끝나고 나서도 쉴 틈이 없다. 단체로 재잘거리며 복도 끝 계단으로 향하던 도중.

"어?"

귀가 밝은 도영이 놀란 눈으로 멈춰 섰다.

탑보이즈 연습실 아래층의 B반 연습실에서 익숙한 목소리를 들었기 때문이었다.

"진짜 너 그럴 거야?"

언성을 높이며 말을 쏟아내는 냉랭한 목소리.

상준 역시 두 눈을 끔뻑이며 고개를 돌렸다.

저 목소리라면…….

"유지연 쌤 아냐?"

"맞는 거 같은데?"

B반 연습실에 무슨 일이라도 있나.

괜한 호기심이 쏠린 멤버들은 열린 문 쪽으로 조심스레 다가갔다.

"뭔데?"

"무슨 일이야?"

문에 귀를 가져다 대는 상준.

그 순간, 문틈으로 익숙한 실루엣이 보였다.

'뭐야.'

유지연 선생의 앞에 서 있는 껄렁껄렁한 자세의 남학생.

"후회 안 할 자신 있어?"

"네."

유지연 선생은 인상을 찌푸린 채 짧은 한숨을 내뱉었다.

"그래서 때려치우겠다고?"

날이 선 유지연 선생의 한마디.

그녀의 말에 담담하게 고개를 끄덕이는 남학생은…….

'어때요, 원곡자님?'

상준에게 월말 평가에서 F를 받았던.

B반의 홍주형이었다.

제2장

색을 칠하는 것

"관둘게요."

싸늘한 목소리가 연습실 안에 울려 퍼지고.

갑자기 B반 연습실 문이 덜컥 소리를 내며 열렸다.

"아."

졸지에 엿들은 입장이 된 탑보이즈 멤버들은 당황한 기색으로 한 걸음 뒤로 물러섰다. 문을 열자마자 탑보이즈와 마주한 홍주 형은 살짝 당황한 표정이었다.

"……."

홍주 형의 살벌한 눈빛이 잠시 스치고, 이내 그는 멀어졌다.

그의 모습이 점이 될 정도로 멀어진 뒤에야 도영은 유찬에게 시선을 돌렸다.

"때려치우겠다고 한 거 맞지?"

도영이 놀란 눈으로 유찬의 귀에 작게 속삭였다. 유찬은 고개를 끄덕이며 그런 도영의 말에 답했다.

"내가 듣기로는 그런데."

"왜? 쟤 누군지 알아?"

JS 엔터에서 연습생 생활을 오래 하지 않았던 상준이야 그냥 예전 월말 평가 때 얼굴 한 번 본 사이였지만 다른 멤버들은 다른 모양이었다.

예전에 A반에서 같이 지냈다던 도영이 조심스레 입을 뗐다.

"원래 같은 반이었거든. 꽤 친했는데."

알고 보니 도영과 동갑이었던 모양이었다. 함께 연습생 생활을 오래 하면서 친분도 어느 정도 있던 상태였고.

"B반으로 간 이후에는 만날 일이 거의 없어서 멀어지긴 했는데. 원래 A반 있을 때는 내가 확실히 기억해."

상준은 호기심을 보이며 도영의 말을 마저 들었다.

"어땠는데?"

"원래 춤도 잘 추고 노래도 잘 불러서 데뷔조에도 들 뻔했을걸?"

"데뷔조?"

"블랙빈 데뷔조."

위층 연습실에 다다르자마자 도영은 자리에 털썩 주저앉으며 말을 이었다. 보컬 수업까지는 시간이 꽤 남았다. 상준은 두 눈을 반짝이며 집중했다.

"아니, 어쩌다가 B반 간 건데?"

블랙빈 데뷔조까지 들 뻔했을 정도의 실력이면 정말 상당하다는 거였다.

'하긴. 잘 부르긴 했지.'

홍주형의 재능이 뛰어나다는 건 월말 평가에서도 익히 알 수 있었다. 상준이 F를 줬던 이유는 껄렁껄렁한 태도에 건성으로 노래를 불러서였지, 기본적인 발성이나 기술은 갖춰져 있는 상태였다.

조금 더 성의 있게 불렀다면 충분히 그 능력을 쏟아낼 수 있었을 텐데. 상준은 어쩐지 홍주형이 눈에 자꾸만 밟혔다.

"그게 사실……."

도영은 턱을 괸 채 잠시 고민했다.

"집안 사정… 때문일걸?"

"집안 사정?"

"나도 잘은 모르는데."

도영은 어두운 표정으로 고개를 끄덕였다. 원래는 열심히도 하고 능력도 있던 녀석이 갑자기 연습을 전부 놓아버리고 제대로 안 나오기 시작했단다. 처음에는 갑자기 삐뚤어진 홍주형을 설득해 보려 유지연 선생도 부단히 애를 썼다지만, 나중에는 아예 골칫덩어리로 전락해 버린 모양이었다.

"근데 더 신기한 건 그러고 안 나가더라고. 다들 금방 제 발로 회사 나갈 줄 알았거든."

선우가 담담한 목소리로 말을 얹었다. 제현은 막대 사탕을 오물거리며 선우에게 물었다.

"형도 알아?"

"유명하잖아. 친하진 않지만 쟤 이름은 다들 알걸?"

"그래? 왜 나는 모를까."

제현이 작게 중얼거리는 말에 유찬이 타박을 놓았다.

"넌 원래 사람들한테 관심 없잖아."

"…맞네."

워낙에 혼자만의 세계에 빠져 사는 제현이다 보니 유찬의 말이 틀린 건 아니었다. 제현은 고개를 끄덕이며 금세 수용했다.

'집안 사정…….'

상준은 어두운 표정으로 생각에 잠겼다. 상운이 그렇게 되고 병원비조차 내기 힘들어서 꿈을 포기할 뻔했던 적이 있어서일까, 비슷한 경우라면 홍주형의 일이 남 일 같지 않았다.

누군가는 주제넘은 오지랖이라 생각할지 몰라도.

열정이 넘치던 친구가 갑자기 저렇게 모두 포기해 버릴 정도면 꽤나 충격적인 사정이 있었다는 건데.

'열심히 안 한 게 아니라. 못 한 건가?'

그게 맞다면, 상준은 왠지 마음 한구석이 쓰려왔다.

"잠깐만."

"왜? 어디 가게?"

갑자기 자리에서 벌떡 일어나는 상준을 보곤 유찬이 놀란 얼굴로 물었다. 상준은 벽에 달린 시계를 슬쩍 돌아보았다.

"지금 시간 몇 시지?"

"10분 남았……."

"나, 잠깐 내려갔다 올게."

"뭐?"

보컬 수업까지 남은 시간은 10분.

이 정도면 충분하다. 갑자기 연습실을 나서는 상준에 멤버들이 의아한 표정으로 쳐다봤지만, 상준은 개의치 않고 말을 던졌다.

"혹시, 정말 혹시 늦으면! 나 화장실 갔다고 해!"

"와, 이젠 사기까지 치네, 저 형."

"나날이 발전해 간다."

괜시리 투덜대는 동생들을 내버려 두고 급히 아래층으로 향하는 상준이다. 상준은 2층으로 발걸음을 급히 옮겼다. 10분 안에 돌아가야 한다고 생각하니 마음이 여간 급한 게 아니다.

"후우."

이미 JS 엔터 밖으로 나갔을 홍주형을 찾아 나선 것은 아니었다. 상준은 연습실 위 표지판을 올려다보며 거친 숨을 몰아쉬었다.

C반.

반쯤 열려 있는 연습실이 상준의 눈에 들어왔다.

"……."

잠시 쉬는 시간인지 저마다 모여 있는 C반 연습생들.

상준의 시선은 그중에서 익숙한 얼굴로 향했다.

감정이 없이 노래를 부르는 것처럼 느껴졌던 한새별.

'저 그림이었지.'

월말 평가 때 상준의 머릿속에서 그렸던 그림이다.

형형색깔의 색을 가지고 있는 홍주형과 무색 그 자체로 느껴졌던 한새별. 둘의 목소리가 만나서 이루어낼 조화가 상준의 머릿속을 휘저었다.

벌써 시간이 꽤 흐르긴 했지만.

"아."

「21세기의 베토벤」.

상준의 재능은 확실히 말하고 있었다.

이건 될 조합이라고.

저 위로 올라가 보려 해
꿈꿀 수 없는 높은 탑이라고 해도

자신의 앞에서 「EIFFEL」을 불렀던 한새별을 떠올리며.
상준은 안타까운 낯빛으로 낮게 읊조렸다.
"아까운데……"

*   *   *

어차피 개인적인 친분이 있는 사이도 아니기에 홍주형을 따로
만날 일은 없었다. 옆에 있었다면 한 번쯤 붙잡아도 보고 싶었지
만 그럴 기회가 쉽게 주어질 리가 없기에, 별생각 없이 컴백 준
비에 몰두하고 있던 상준이었다.

그런데.

"어?"

이렇게 만날 줄은 몰랐다.

조승현 실장을 만나러 실장실에 들렀던 상준은 홍주형을 보
고선 제법 당황했다.

"그만둔다고?"

"네."

문을 열어젖혔던 상준이 눈치를 보며 나가려 하자, 조승현 실
장이 손짓했다.

"됐어, 잠깐 앉아 있어."

뜻밖의 재회다.

상준은 고개를 끄덕이며 조심스럽게 구석에 앉았다. 이런 심각한 얘기가 오고 가는 상황 한복판에 던져질 줄은 몰랐는데. 상준은 둘의 눈치를 보며 조용히 입을 다물었다.

그 순간.

조승현 실장이 먼저 입을 열었다.

"확실히 결정한 거지?"

"네, 그렇습니다."

"후회는 없고?"

"넵."

두어 번 홍주형의 의중을 묻던 조 실장은 천천히 고개를 끄덕였다.

"…그래라."

오랫동안 봐왔던 홍주형을 붙잡을 줄 알았지만 예상외로 담담한 모습이었다.

'미련 때문에 붙잡아둘 수는 없으니.'

어차피 데뷔하지 못할 바에야 그냥 내보내는 게 JS 엔터 입장에서도 좋다. 오랜 기간을 함께해 온 친구라 차마 먼저 말을 꺼내진 못했지만, 그게 저 친구의 입장에서도 맞았고.

"……."

"그럼 가보겠습니다."

홍주형은 고개를 살짝 숙이며 망설임 없이 실장실을 나섰다.

"아."

이번에도 멀어지는 홍주형의 뒷모습을 보며 잠시 고민하는 상준.

쾅.

문을 닫고 나서는 홍주형을 보고선 조승현 실장은 깊은 한숨을 내쉬었다. 금방이라도 홍주형을 붙잡으려는 듯 자리에서 벌떡 일어난 상준 때문이었다.

"원래부터 이쪽에 뜻이 없던 애를, 뭐 하러 잡아."

그렇게 티 났던가.

상준은 머쓱한 미소를 지으며 조승현 실장을 돌아보았다. 원래부터 어려운 연습생들 일이라면 상준이 발 벗고 나선다는 걸 알고 있었다. 조승현 실장은 혀를 내두르며 말했다.

"놔둬, 제 갈 길 가게."

"그건 아는데……."

어차피 말로 설득이 되지 않으리라는 생각은 들었지만.

「절대자의 감각」.

상준의 재능이 한 가지는 확실하게 말하고 있었다.

"원래부터 이쪽에 뜻이 없던 건, 아닌 거 같아서요."

도영의 말도 말이었지만 이건 직감이었다.

불쑥 내뱉는 상준의 말에 조승현 실장이 황당하다는 듯 웃음을 터뜨렸지만. 상준은 다급히 말하며 자리를 떴다.

"진짜 잠깐만, 살짝만 얘기하고 올게요!"

후다닥.

정신없이 실장실을 나서자 멀지 않은 곳에 홍주형의 뒷모습이 보였다.

터덜터덜.

무거운 발걸음으로 계단을 내려가고 있던 홍주형을 발견하자마자, 상준은 황급히 그를 불러 세웠다.

"잠시만요."

계단 위에서 울려 퍼진 상준의 한마디에 홍주형은 인상을 찌푸리며 고개를 돌렸다.

"왜요?"

평상시에도 워낙 살벌한 눈빛을 지닌 녀석이었지만 오늘따라 유독 날이 서 있다. 상준은 거친 숨을 몰아쉬며 홍주형의 팔을 움켜쥐었다.

"왜 관두는 건데요?"

어떻게든 붙잡아보고 싶어서 던진 말이었지만 말하고 아차 싶었다.

'너무 직접적으로 말했는데.'

이렇게 물음을 던져봤자 신경질적인 답만 돌아올 게 분명했다. 제대로 된 속마음을 끌어내기에는 너무도 직접적인 질문이었으니까.

그런데.

홍주형은 의외의 말을 토해냈다.

"데뷔 못 할 거 같아서요."

돌려서 말하기라도 할 줄 알았는데.

상준은 잠시 멍해진 얼굴로 홍주형을 바라보았다. 그는 어깨를 으쓱여 보이며 상준에게 되물었다.

"이거 말고 다른 이유가 필요해요?"

재능이 있는 녀석이다.

열심히만 하면 충분히 데뷔할 수 있을 거라 생각했다.

'생각보다 괜찮은데……'

'네, 원곡자님.'

'생각보다 괜찮아선 데뷔 못 하거든요.'

상준의 머릿속에선 홍주형을 처음 만났을 때가 오버랩 되고 있었다. 홍주형은 쌀쌀맞은 목소리로 퉁명스레 뱉었다.

"그냥 잘해야 된다면서요. 저는 못하거든요."

그때 자신이 했던 말을 저격하는 듯한 홍주형의 한마디에 상준은 퍽 당황했다. 자신이 했던 말을 아직까지 기억하고 있을 줄은 몰랐기에. 무심코 내뱉은 한마디를 그렇게 곱씹고 있을 줄은 몰랐기에.

사실 계기를 만들어주고 싶었다.

저 재능에 날개를 달아줄 계기. 노력만 하면 되는데 그럴 기력조차 보이질 않는 것 같아서.

그렇게 판단했었는데…….

틀렸다. 고작 그런 말들로는 저 친구를 붙잡을 수 없었다.

상준은 당황한 기색으로 다급히 말을 이었다.

"재능은 있는데 열심히만 해도……."

"그런 희망적인 말이 저한테 필요한 게 아니거든요."

홍주형은 싸늘한 표정으로 말을 쏟아냈다.

"희망 고문으로 버티고 있기엔, 제가 할 일이 너무 많은 사람이라."

"……."

희망을 놓으려던 순간 기적을 마주했던 상준이다.

마음 같아서는 희망 고문이라도 놓지 말라고 해주고 싶었지만.

'책임지지 못할 소리지.'

조승현 실장이 그를 그냥 놓아준 이유가 이제야 이해가 됐다.

책임지지 못할 일을 붙들고 있는 건 처음 최 실장이 자신에게 했던 일과 다를 바가 없으니까.

홍주형이 신경질적으로 말을 더했다.

"제가 열심히 했는지, 안 했는지 아세요?"

상준은 한 걸음 뒤로 물러서서 홍주형을 빤히 바라보았다.

생각보다 훨씬 담담한 목소리가 상준의 입에서 흘러나왔다.

"모르죠."

"……."

"제가 어떻게 알겠어요."

홍주형을 잡은 손을 내려놓으며 천천히 고개를 돌리는 상준.

"잘되길 빌어요. 어디서든, 어떤 모습으로든."

저벅저벅.

그 말을 끝으로 멀어지는 상준의 뒷모습을 바라보며, 홍주형은 복잡한 심경이 되었다.

그것도 잠시.

"…괜히 찝찝하게."

홍주형은 한숨을 내쉬며 다시 발걸음을 재촉했다.

*   *   *

"하여간 오지랖은. F 줄 때부터 마음에 안 들었다니깐."

홍주형은 작게 투덜대며 인상을 찌푸렸다. 좁은 집에서 뛰어놀고 있는 여동생을 슬쩍 돌아보고선 다시 생각에 잠기는 홍주형이다. 이미 결정을 내버린 이상 돌아갈 수 없으리라는 걸 알면서도 마음 한구석이 묘하게 불편했다.

"후우."

홍주형은 아까부터 잔뜩 신이 난 동생을 진정시키며 자리에서 일어났다.

"와아아아! 할머니 저거 봐요!"

"아이고, 정신 사나워라."

"지연아, 가만히 앉아봐."

"예에에!"

지연이 하도 뛰어다니자 할머니가 골이 흔들린다며 머리를 짚었다. 주형과는 10살이나 차이가 나는 동생이라 사실상 모든 일은 주형이 도맡아야 했다. 할머니를 모시고 사는 입장이다 보니 기약 없는 연습생 생활이 부담스러웠던 것도 사실이었다.

더욱이.

작년부터는 더했다.

"⋯⋯."

갑자기 할머니가 심근경색으로 쓰러진 뒤로, 건강이 악화되시면서 병원비까지 배로 나가게 되었으니.

'붙잡고 있는 게 이기심이지.'

포기해야겠다. 홍주형이 그렇게 다짐했던 것도 그때부터였다.

그런데 자꾸만 미련이 남아서. 모든 걸 내려놓고도 차마 그만두겠다는 소리가 입밖에 나오질 않았다.

'왜 관두는 건데요?'

홍주형은 상준의 말을 떠올리며 자조 섞인 웃음을 흘렸다. 그 말을 유지연 선생에게 꺼내기까지 얼마나 수없이 고민했는지 그 사람은 알 수 없을 테니까.

"하."

꼬박 1년의 시간이 걸렸다. 포기했다는 사실을 입 밖에 내기까지.

각종 알바를 뛰면서 제대로 연습실도 못 나갔던 홍주형이었지만, 5년간의 정 때문에 조 실장도 쉽게 쳐내질 못했다.

그쪽에선 기다려 줄 만큼 기다렸고, 주형도 미련을 가질 만큼 가졌다.

고마운 사람들이지만 이제는 잊고 싶다.

그 순간, 홍주형의 상념을 깨우는 익숙한 목소리가 귀에 꽂혔다.

─네, 돌아온 뮤직월드! MC 상준.

─아린입니다!

─와아아아아!

TV에서 흘러나오는 말소리. 뮤직월드 방송에서는 MC 상준과 아린이 나란히 마이크를 쥐고 있었다. 불편한 얼굴을 TV에서까지 보니 기분이 영 언짢다. 홍주형은 인상을 찌푸리며 짧은 한숨을 내쉬었다.

'이것 때문에 신난 건가?'

어쩐지 아까부터 잔뜩 신나 있더라니.

─첫 번째 무대는 어떤 분들의 무대죠?

—접어드는 가을을 지배하기 위해 찾아온 분들의 엄청난 무대!

"엄청난 무대!"

"야, 홍지연!"

쾅쾅.

집이 떠나가라 방방 뛰고 있는 지연이다. 지연이 가장 좋아하는 게 음악프로였다. 이제는 급기야 콧노래까지 흥얼거리며 고개를 까닥이고 있었다.

"텔레비전에— 내가 나왔으면—"

어지간히 신났다. 홍주형은 퉁명스러운 목소리로 타박을 놓았다.

"야, 네가 무슨 유치원생이야?"

"왜 시비야!"

망할.

이제는 컸다고 바득바득 대들기까지 한다. 홍주형은 머리를 짚으며 멍한 얼굴로 TV를 응시했다. TV 속에선 상준이 웃으면서 능숙한 진행을 이어가고 있었다. 그런 그를 본 지연이 두 눈을 반짝이며 외쳤다.

"나도 텔레비전에 나오고 싶은뎅."

"홍지연, 너 학교 숙제는 다 했어?"

"어, 근데 저 오빠 잘생겼어……."

뚝—.

홍주형은 리모컨을 들고선 TV를 꺼버렸다.

"아, 왜 끄는데!"

"꼴 보기 싫은 사람이 있어서."

지연이 음악방송에 빠져 지내는 이유는 하나였다. 벌써부터 TV에 나오는 가수가 하고 싶다며 잔뜩 설레 있다. 누가 자기 동생 아니랄까 봐 생각하는 것도 비슷하다니. 홍주형은 적어도 지연만큼은 자신과 비슷한 루트를 타지 않았으면 했다.

'괜히 헛된 꿈을 가져선.'

스무 살이 된 지금까지 연습생만 해왔으니 배운 것도 없고 할 줄 아는 것도 없다. 막상 회사를 제 발로 박차고 나왔지만 숨이 턱턱 막힐 정도로 막막했다.

"후."

홍주형은 심호흡을 하며 친구 녀석에게 전화를 걸었다.

뚜르르ー.

긴 신호음이 이어지고 수화기 너머로 퉁명스러운 답이 돌아왔다.

ー왜.

"나 관뒀어."

초등학교 때부터 친하게 지냈던 녀석이다. 홍주형의 한마디에 적막한 침묵이 이어졌다.

ー…그래. 어쩌다가.

"9월 월말 평가 끝나고 못 버티면 나오는 거지 별수 있냐."

이번 월말 평가에선 급기야 B반의 자리도 지키지 못했다. C반으로 강등되면서 그나마 남아 있던 미련도 내려놓았다. 실제로 월말 평가를 버티지 못하고 나가리 되는 연습생들을 수없이 봐왔지만, 자신이 그중 하나가 될 줄은 몰랐다.

"알바 자리 있나 해서."

ー어… 어.

잠시 고민하던 친구 녀석이 담담하게 말을 뱉었다.

─한번 알아볼게.

"어, 고맙다."

홍주형은 고개를 까닥이며 휴대전화를 내려놓았다.

그러기 무섭게.

띵동─.

현관문을 두드리는 소리가 울려 퍼졌다.

"누구야? 손님이야, 손님?"

다시 TV를 틀어놓은 지연이 놀란 눈으로 돌아앉았다.

'택배 왔나?'

딱히 누군가를 집으로 부른 적도 없었기에 당황한 건 홍주형도 마찬가지였다. 홍주형은 주머니에 휴대전화를 찔러 넣고선 문을 열어젖혔다.

그리고.

벌컥─.

눈앞의 얼굴을 확인한 순간, 홍주형의 얼굴이 어두워졌다.

홍주형은 한숨을 내쉬며 말을 뱉었다.

"…너도 짤렸냐?"

별 대답 없이 묵묵히 걸어 들어오는 여자아이.

"그러게."

한새별이었다.

*   *   *

"그러니까, 너튜브를 하자고?"

홍주형은 한새별이 꺼낸 뜻밖의 말에 눈살을 찌푸렸다. 가수를 못 하니까 방송을 하자는 제안인데. 홍주형은 현실성 없는 얘기라며 받아쳤다.

"야, 방송이 무슨 쉬운 줄 아냐. 연습생 수준으로 노래 부르는 사람들 차고 넘치고, 거기에 말빨까지 있는 인간들이 천지인데. 거기서 성공을 하겠다고?"

"……."

"너, 말주변도 없잖아."

둘은 연습생이 되기 전부터 동네 친구로 아는 사이였다. 물론 자신만큼은 아니지만, 한새별이 얼마나 절박한 상황인지는 알고 있었다.

"성공하는 사람은 극소수고, 우리는 그런 사람들이 아냐."

홍주형은 단호한 얼굴로 말을 뱉었다. 한때는 자신이 그런 사람인 줄 알았다. 재능이 있다는 소리는 수없이 들었으니까.

그런데 아니었다.

그런 사람은 세상에 너무도 많았고, 스포트라이트는 자신의 것이 아니었다.

"또 그런 거 하기 싫어, 난."

"어차피 할 거 없잖아."

늘 물러 터진 성격에 홍주형의 말을 따르던 한새별이었다. 그런데 오늘은 무슨 각오라도 단단히 한 듯이 가만히 버티고 서 있었다.

"도와줘. 나 혼자서는 자신 없다고."

차분하면서도 나직한 목소리가 홍주형에게 닿았다.

원래 부탁이라는 걸 좀체 하지 않는 그녀다. 이렇게 간절한 표정으로 말을 걸어오면……

"하."

망할.

들어줄 수밖에 없다.

"뭔데?"

홍주형은 한숨을 내쉬며 싸늘하게 되물었다. 무슨 계획이라도 있는지 들어볼 생각이었다. 한새별은 풀이 죽은 얼굴로 조심스레 답했다.

"버스킹…… 어떤 거 같아?"

"아주 신박한 생각이네."

"역시 그렇지?"

"비꼰 건데?"

"아……."

어후.

홍주형이 머리를 짚자 한새별은 다시 고개를 푹 숙였다.

기본적인 장비도 없고, 무리해서 산다 해도 기초적인 버스킹 장비가 전부일 텐데.

"휴대폰 카메라를 들고 촬영하자고?"

"요새 기술이 많이 발전해서……. 21세기잖아, 지금."

"누가 들으면 너 20세기 사람인 줄 알겠다."

"나는 21세기에 태어났어……."

논점이 어째 이상하게 흐른다.

"그래. 다 그렇다 치고."

홍주형은 손사래를 치며 자리에서 벌떡 일어났다.

긴장한 기색으로 홍주형을 올려다보는 새별이다.

"……."

잠깐의 침묵이 흐르고.

홍주형이 신경질적으로 말을 뱉었다.

"뭐 해, 하자며."

"어… 어?"

두 눈을 끔뻑이는 한새별. 늘 무표정이던 그녀의 얼굴에 생기가 돌기 시작한다.

"내가 못 산다."

홍주형은 그런 그녀를 바라보며 어이없다는 듯 피식 웃음을 흘렸다.

*　　　　　*　　　　　*

그렇게 돌아온 첫 버스킹 날.

"이거 이렇게 하는 거 맞나?"

"설치 대강 다 한 거 같은데."

홍대 버스킹 거리 한가운데에서 빠르게 장비를 점검하는 둘이다. 손에 들린 건 연습생 때 썼던 기타와 싸구려 마이크뿐이지만 어설프게라도 첫 버스킹을 성공시키겠다는 열정이 감돌았다.

"크흠."

홍주형은 헛기침을 하며 마이크를 손에 쥐었다.

사람들이 많이 지나다니는 거리라 그런지 벌써부터 몇몇 사람들이 이쪽을 기웃거리고 있다.

연예인이라고 믿을 법한 훤칠한 키에 얼굴까지.

자연히 둘이 있는 곳으로 시선이 쏠린다.

"지금 시작할까?"

"오케이!"

워낙 조용한 한새별이지만 오늘은 잔뜩 신나 있다.

'가만 보면 은근 무대 체질이란 말이지.'

홍주형은 슬쩍 웃으며 MR을 틀었다.

준비는 마쳤다. 이제 남은 건 완벽한 촬영과 사람들의 호응뿐.

익숙한 전주가 홍대 거리 위를 울렸다.

개인적으로 한새별이 가장 좋아한다는 노래 「EIFFEL」.

"다들 즐겁게 봐주세요!"

"네에!"

홍주형이 호응을 유도하자, 한새별이 천천히 웃으며 노래를 불렀다.

저 위로 올라가 보려 해

꿈꿀 수 없는 높은 탑이라고 해도

한새별의 맑은 목소리가 몽환적인 곡의 분위기에 자연스레 녹아 들어갔다. 호흡과 발성이 모두 안정적인 새별의 보이스에 사람들이 하나둘씩 멈춰 섰다.

그다음은 홍주형의 랩.

그래서 물었어

그곳은 어떠니 모든 게 다 보이니

5년 차 연습생의 경험은 괜히 있는 게 아니었다. 리드미컬하게 노래를 이끌어가는 홍주형의 랩 실력에 사람들 틈에서 탄성이 튀어나왔다.

"와, 잘한다."

"가수인가?"

"그런 거 같은데."

인디가수라고 생각하고 모여드는 사람들.

시선이 쏠리자 한새별은 퍽 긴장한 기색이었지만, 그걸 눈치챈 홍주형이 부드럽게 노래를 이끌어갔다.

빛이 보였어
그곳에 함께해 줘
DREAM THE TOP
나도 올라설 수 있을까

둘의 목소리가 잘 어울릴 거라는 상준의 예상은 맞아떨어졌다.

조금은 미숙하고 어설프지만, 둘이 어우러짐으로써 하나의 하모니를 만들어낸다.

홍주형은 기분 좋은 떨림을 느끼며 관객들을 돌아보았다.

'이걸 바랐던 거였지.'

처음에는 말도 안 되는 제안이라 생각했는데. 막상 무대 위에 올라서니 전율이 돈다. 비록 길거리에서 펼치는 공연이라 할지라도, 온몸의 세포가 깨어나는 기분.

홍주형은 여유롭게 웃으며 노래를 불러 나갔다.

"와아아아!"

그렇게 1절이 끝나가던 순간.

"어… 어?"

"뭐야. 진짜야?"

"맞는 거 같은데?"

갑자기 사람들이 웅성이기 시작했다.

'무슨 일이지?'

홍주형은 당황한 기색으로 웅성대는 사람들을 바라보았다. 그 중 몇몇은 황급히 자리를 떠나기도 했다. 무슨 일이라도 생긴 듯 한쪽으로 모여드는 사람들.

그 엄청난 군중이 홍주형과 한새별이 있는 쪽으로 가까워지고 있었다.

"꺄아아아!"

"와, 탑보이즈다!"

"나상준이랑 차도영 같은데?"

"홍대 온 거야?"

뭐?

터져 나오는 환호성을 들은 홍주형은 당황한 기색으로 인상을 찌푸렸다.

탑보이즈의 'EIFFEL'을 부르고 있었는데…….

군중은 점점 그들 쪽으로 가까워졌고.

홍주형은 그들 틈새로 익숙한 얼굴을 마주할 수 있었다.

"어… 어?"

여기서 마주칠 거라고는 전혀 예상치 못했던 사람.

"뭐야."

"뭐야……?"

"왜… 여기에 계세요?"

"제가 묻고 싶은데요……?"

상준과 홍주형은 서로 놀란 눈으로 얼어붙었다.

*　　　　　*　　　　　*

"와아아아악!"

당황스러운 재회를 곱씹을 시간도 없었다. 몰려드는 인파에 도영은 놀란 눈으로 상준의 옆구리를 쿡쿡 찔렀다.

"마저 촬영 갈 거야?"

사실 사람들이 많은 홍대 거리를 찾은 이유는 따로 있었다. 이번 앨범의 리얼리티 촬영 중이었던 탑보이즈다. 도영과 나란히 오락실이나 가서 촬영분을 뽑아 오려 했던 찰나인데.

이렇게 된 김에.

"한 곡 부르고 갈까?"

이미 사람들 사이로 각종 추측이 흘러나오고 있었다.

"뭐야, 버스킹 하나?"

"저 애들이랑 아는 사이인가?"

"여기 촬영이야?"

어차피 촬영분을 뽑을 참이면 한 곡 불러보는 것도 나쁘지 않 겠다 싶었다. 상준은 조심스레 홍주형에게 다가섰다.

"같이 부를래요?"

"……."

평상시라면 투덜대며 고개를 저었을 홍주형이지만.

"와……. 그때 그……."

뒤에서 한새별이 두 눈을 반짝이고 있었다. 월말 평가 당시에는 워낙 긴장했던 순간이라 팬심을 드러내지 못했지만, 사실 월말 평가에서 탑보이즈 노래를 부를 정도로 제법 팬이었던 그녀였다.

"같이 노래 불러도 돼요……?"

일반적인 연습생들에겐 쉽지 않은 기회다.

홍주형은 건조한 목소리로 천천히 내뱉었다.

"그럼, 한 곡만 같이 할까요."

"오케이."

옆에 서 있던 도영은 생글거리며 두 팔을 파닥였다.

"와, 나 버스킹 겁나 오랜만인데."

"한국에서는 진짜 오랜만 아니냐."

"맞지."

마이픽이랑 정동진 이후로 홍대 거리에서 버스킹을 하게 되다니.

도영은 팬들을 향해 손을 흔들며 상준에게 불쑥 물었다.

"아, 근데 형은 홍대에서 버스킹 한 적 있지 않아?"

"버스킹?"

망할.

아무 생각 없이 되묻던 상준은 인상을 팍 찡그렸다.

"아리랑 부르면서 108배……."

"조용히 해."

그 기억은 굳이 다시 떠올리고 싶지 않다. 상준은 머쓱하게 헛기침을 하며 마이크를 쥐었다. 애당초 마이크 여분이 하나밖에 없었기에, 상준과 도영이 나눠 쓸 생각이었다.

"둘이 먼저 부르고 있어요. 저희가 하이라이트 파트 들어가면 되니까."

상준은 빠르게 상황을 정리하고선 팬들의 호응을 이끌었다.

"자, 다들 박수!"

"예에에에!"

"꺄아아아아아!"

괜히 음악방송의 MC가 아니다. 그새 많이 는 상준의 진행 실력에 도영은 감탄사를 내뱉었다. 반면, 뒤에 서 있던 둘은 아니었다.

"후."

떨린다. 처음에는 상준과 불편하게 다시 만났다는 사실이 거슬렸지만, 지금은 그런 생각조차 나질 않았다.

'이렇게 많은 사람들 앞에서 공연해 본 적이 있었나.'

연습생이 되기 전 학교 무대에 올랐을 때도 이 정도로 떨리진 않았었다. 그들은 그냥 같은 학교 친구들일 뿐이었다.

그런데 여기는 아니다.

수많은 사람들이 섞여 있는 거리.

그들이 앞으로 서게 될 무대를 조그맣게 축약시켜 놓은 듯한 느낌이다.

떨리는 주형의 심장 소리와 함께.

한새별의 맑은 목소리가 입을 열었다.

눈이 부시게 화려한 이곳
수많은 색을 물들여

원래는 도영의 파트였던 노래. 도영이 능숙하게 화음을 쌓아 올린다. 한새별의 목소리가 파묻히지 않도록 살려주는 화음.

알록달록한 색깔들처럼
이곳은 빛이 나

여전히 한새별의 목소리는 건조했다. 무채색이지만 너무도 맑은 목소리. 목소리를 거의 써보지 않은 사람처럼 느껴졌다.

'진짜 칠하고 싶은 목소리네.'

조금만 색을 더하면 완벽한 그림을 그려낼 수 있을 거 같은데.

상준은 둘의 목소리를 들으면서도 그 생각에 빠져 있었다.

조금씩 작곡 실력이 늘어가고 있는 상준이다. 이제는 재능의 벽을 깨서 새로움에 도전해 보고 싶었다.

탑보이즈처럼 확실한 색을 가지고 있는 아티스트가 아니라, 무채색에 가까운 친구에게 색을 찾아주면 어떨까.

이 색이 바로 설렘일까
So many colors
나는 이 색의 홍수에 빠져 버렸어

고음이 적은 편이라 다소 쉬워 보이는 노래지만 실상은 그렇지 않았다. 리드미컬한 곡의 분위기를 잘 살려내야 하는 노래.
홍주형에게 가장 어울릴 법한 노래였다.

나는 궁금한 게 많아
What's your name

"와아아아!"
상준은 마이크를 손에 쥔 채 능숙하게 노래를 불러 나갔다.
긴장 탓에 줄곧 자신의 파트에 신경 쓰고 있던 홍주형도 그의
노래에 시선을 빼앗겼다.
'뭐야.'
처음에는 마냥 불편하게만 느껴졌던 선배였다.

너가 더 알고 싶어
이곳이 더 알고 싶어

그런데.
무대를 마주했을 때는 퍽 다른 생각이 들었다.
'어떻게 저렇게 부르지……?'
괜히 원곡 가수가 아니다. 자신은 한 번도 살려내지 못했던
분위기를 고스란히 담아낸다. 표정에서조차 여유가 넘쳐흐르는
그 모습에 홍주형은 충격을 받았다.
'하.'
부러우면서 질투가 난다.

너무도 완벽해 보여서 흠을 잡을 수 없었으니까.

그리고.

인정할 수밖에 없었으니까.

너가 더 알고 싶어

이곳이 더 알고 싶어

"와아아아!"

"알고 싶어!"

"꺄아아아아!"

이토록 엄청난 함성을 마주해 본 적이 없었다.

홍주형은 그제야 자신이 얼마나 좁은 연습실에서 갇혀 살았는지 깨달았다.

세상은 이렇게 넓은데.

스스로의 재능에 대해 너무 빨리 확신하고, 너무 빨리 포기해 버린 건 아닐까.

이곳은 정상이 맞는 걸까

홍주형은 마지막 소절을 읊으며 마이크를 천천히 입에서 뗐다.

*   *   *

"할 말 있죠?"

버스킹이 끝나고 인파를 피해 한적한 곳으로 자리를 옮겼다.

갑자기 할 얘기가 있다는 홍주형의 말에 이곳까지 따라온 상준이었다.

"그게……."

껄렁하던 녀석은 어디로 간 건지, 퍽 당황한 기색이다. 홍주형은 헛기침을 두어 번 하더니 퉁명스레 말을 뱉었다.

"재밌던데요."

"어?"

이건 또 무슨 갑작스러운 감상이란 말인가.

상준은 인상을 찌푸리며 고개를 갸우뚱해 보였다.

"아니, 무대요. 이렇게 재밌을 줄은 몰랐거든요."

이걸 말하려던 건 아닌데 헛소리만 줄줄 흘러나온다. 옆에 있던 한새별이 긴장한 표정으로 어깨를 지그시 눌렀다.

'뭔 소리야.'

다른 연예인들이라면 무슨 시간 끌기냐며 화를 내고 가버렸을지도 모르는 일이었다. 그런데도 상준은 제법 침착해 보였다.

"부탁하고 싶은 거 있어요?"

뻔했다. 굳이 가려던 자신을 붙잡고 이렇게까지 망설이고 있는 걸 보면.

"관두려고 하던 거 아니었나?"

상준의 이어지는 물음에 홍주형의 머릿속이 복잡해졌다. 무슨 질문부터 답해야 하나 고민이 되어서였다. 한참을 고민하던 홍주형은 조심스레 입을 뗐다.

"어떻게 된 거냐면……."

무슨 마음으로 JS 엔터를 박차고 나갔는지, 어쩌다가 한새별과 만나 버스킹을 하게 된 건지. 앞으로는 어떻게 해야 하는지까지.

"……."

상준과 도영은 고개를 끄덕이며 한참을 가만히 서 있었다. 대강 사연을 알았던 도영이었지만 이 정도였을 줄은 몰랐다.

"그랬구나."

묘한 동질감이 드는 건 왜일까. 월말 평가 때 껄렁거리던 녀석을 만났을 때는 답답함뿐이었는데, 이제는 안타까운 마음이 들었다.

자신이 연습생을 관두기로 다짐했을 때, 그때의 심정을 누구보다 잘 기억하고 있었기 때문이었다.

"너튜브 한다면서요."

"네, 그렇죠."

무대에 서는 게 즐거워서 다시 한번 도전해 보고 싶다는 둘의 이야기. 상준은 팔짱을 끼고선 한 걸음 뒤로 물러섰다.

"사실 둘의 목소리가 어울려서."

처음부터 줄곧 들던 생각.

"제가 만들어보고 싶은 무대가 있거든요."

이렇게 한자리에 모인 것도 인연이다. 상준은 두 눈을 반짝이며 둘을 천천히 돌아보았다.

"한번 해볼래요?"

*　　　　　*　　　　　*

―탑보이즈 홍대 버스킹 공연 본 사람?

ㄴ원래 딴 촬영 하고 있다가 갑자기 라이브로 노래 부르는데 미쳤던데?

ㄴ같이 부른 애들 너무 부럽다 ㅠㅠ ㄹㅇ 계 탄 거 아니냐?

ㄴ걔네가 누군데?

ㄴ너튜브 한다던데 영상도 올라왔나 봄

ㄴ콘텐츠 미쳤네 ㅋㅋㅋ 아이돌이랑 너튜브 촬영

ㄴ인생에 쓸을 운 다 쓸았네

ㅡ나도 상준이랑 노래 불러보고 싶다 ㅠㅠ

ㄴASK 레전드 무대 탄생

ㄴ근데 걔네 인디가순가? 노래 은근 잘하더라

ㄴ페이스가 준연예인 페이스긴 했음

ㄴㅇㅈㅇㅈ

ㄴ너튜브 보니까 괜찮긴 하더라

ㄴ근데 아이돌급은 아닌 듯?

ㄴ노래도 무난무난

너튜브에 업로드했던 영상은 순식간에 조회수를 쌓아가고 있었다. 비록 탑보이즈의 인기 덕분이긴 했지만 이런 관심도 처음인 둘로서는 신기할 뿐이었다.

"댓글도 있어……!"

한새별은 배시시 웃으며 열심히 SNS에 자신의 이름을 검색해 보고 있었다. 대부분 탑보이즈로 쏠린 관심들이었지만 간혹 둘의 얘기도 있었다.

"신기하다."

그렇게 새별이 작게 중얼거리던 찰나.

녹음실 부스에 있던 상준이 빼꼼 고개를 내밀었다.

"안 들어와요?"

"앗, 들어갈게요!"

상준의 말에 벌떡 자리에서 일어나는 새별이다. 홍주형은 주머니에 휴대전화를 찔러 넣고선 터덜터덜 따라 들어갔다.

"뭐예요?"

"자작곡."

"아, 자작… 네?"

"뭐라고요?"

아무 생각 없이 반사적으로 고개를 끄덕이던 홍주형은 두 눈을 번뜩 떴다.

"자작곡이라고?"

아무래도 믿기지 않는지 되묻는 홍주형이다.

상준은 대수롭지 않다는 표정으로 답했다.

"어, 자작곡 맞아요."

"무슨……"

사실 JS 엔터 녹음실 부스를 이용하게 해준다 했을 때도 그 자체로 감동이었다. 별다른 장비가 없는 상황에서 싸구려 마이크로 녹음을 할 계획을 세우고 있던 둘이다.

'따라오라길래 녹음실 빌려주는 줄 알았는데……'

곡을 주는 거였다고?

홍주형은 믿기지 않는다는 듯 말을 더듬었다.

"왜… 왜요?"

처음부터 서로에 대한 인상이 좋았던 것도 아니었다. 허구한 날 투덜대던 자신에게 이렇게까지 해주는 이유를 알 수 없었다.

멍하니 서 있던 둘에게 상준은 담담하게 말을 뱉었다.

"그냥 둘의 목소리로 노래를 만들어보고 싶었거든요."

뮤즈를 찾는 일이 결코 쉬운 일이 아니다.

단지 그뿐이었다.

자신과 비슷한 사정을 가지고 있는 건 그 바람에 불씨를 얹었을 뿐이고.

'이거다.'

한 일주일을 곡에 매달렸다. 컴백 준비를 하느라 바쁜 상황에서도 틈을 내어 만들었던 곡이다.

좋아서, 즐거워서 그랬다.

'내가 만들고 싶었던 무대.'

그걸 머릿속에서 그려 나가고 조합하는 과정이 즐거워서 힘든 줄도 몰랐다. 상준은 USB를 컴퓨터 본체에 꽂으며 나직이 말했다.

"한번 들어봐요."

"네… 네!"

한새별은 공손하게 두 손을 모으며 침을 삼켰다.

그 순간.

레트로 펑크 장르의 밝은 멜로디가 스튜디오에 울려 퍼졌다.

"와."

밝으면서도 색깔이 풍부한 노래.

도화지 같은 한새별에게 색을 입혀보고자 상준이 만들었던 노래였다. 둘의 목소리를 들으며 느꼈던 감정과 영감을 온전히 담은 노래.

'맑다.'

드라이브를 할 때 들으면 어울릴 거 같은 신나는 사운드에, 트렌디한 음악의 색깔까지. 지금 당장 음원사이트에 올려놓는다고 해도 인기를 끌 거 같은 곡이었다.

"좋네요……."

한새별은 탑보이즈의 노래를 들으며 느꼈던 두근거리는 떨림을 다시 마주했다.

자신을 위한 노래.

연습생의 신분에서 이런 곡을 만날 일은 거의 없었다.

그래서일까. 설레는 기분을 주체할 수가 없었다.

"……."

그렇게 노래에 취해 쉽사리 입을 떼지 못하는 둘에게.

상준이 툭 말을 던졌다.

"한번 불러볼까요?"

＊　　　　＊　　　　＊

녹음에는 여러 번 참여했고 작곡을 해본 적도 많았지만, 이렇게 녹음 디렉팅에 참여해 보는 건 처음이다. 상준은 긴장된 기색으로 모니터를 뚫어져라 바라보았다.

"시작할게요."

한새별이 떨리는 목소리로 말문을 열었다. 먼저 녹음에 들어가기로 했던 건 한새별. 시간이 비는 틈을 타 녹음을 진행하는 거니 신속하게 진행해야 한다.

떠밀려 왔어 아무도 모르는 바닷가에
기댈 곳 없이 걸어온 이곳에서
잃어버린 이야기를 찾았어

상준이 구상했던 악보 속 멜로디가 현실이 되어 울려 퍼진다.

첫 소절을 들은 순간, 상준은 저도 모르게 힘차게 고개를 끄덕였다.

"와."

건조하면서도 무덤덤한 한새별의 보이스가 노래를 서서히 밝힌다. 새하얀 도화지 같은 맑은 순수함. 상준이 그리고자 했던 도입부였다.

"좋은데요?"

상준은 미소를 지으며 노래를 멈췄다. 여러 번 힘을 쓸 거라 생각했던 도입부를 한 번에 통과했다.

밝아 보이는 멜로디 속에 상준이 담아내고자 했던 그림을, 본능적으로 찾아낸 한새별이었다. 건조한 보이스에 조금씩 색을 입혀 나가는 노래.

'이런 느낌이었는데.'

한새별의 약점을 장점으로 바꿔보기 위해 상준이 고민했던 부분이었다.

"이번에도 많이 건조한가요?"

한새별은 긴장한 기색으로 입을 열었다.

"아뇨. 이렇게 부르는 게 맞아요."

마치 감정이 없는 사람처럼. 무미하면서도 건조하게.

이다음 색을 입히는 건 홍주 형의 몫이었다.

"들어갈게요."

홍주 형은 무표정으로 녹음실 부스에 들어갔다. 사실 이렇게 녹음실에 도착할 때까지 별로 실감이 나질 않았다. 보컬 수업 때 이따금 녹음 장비를 활용하긴 했었지만, 커버가 아닌 자신의 노래를 녹음하는 것은 처음이었으니까.

그 이야기의 시작을 그려줄래
끝이 없다고 말해줄래

홍주 형은 처음치고 제법 능숙하게 노래를 읊어나갔다.

한새별과는 전혀 다른 느낌의 보컬. 홍주 형은 리듬을 잘 쓸 줄 아는 보컬이었다. 건조한 한새별의 보이스 위에 조금씩 화음을 얹는다.

노래를 순식간에 풍부한 수채화로 만들어가는 홍주 형.

"으음."

열심히 둘의 보컬 트랙을 배치하고 있던 상준은 헤드셋을 내려놓으며 고개를 끄덕였다. 이제 남은 건 이 곡의 하이라이트 파트였다.

"이게 조금 어려울 수 있거든요."

상준은 뜸을 들이며 한새별을 바라보았다. 둘이 같이 진행할 녹음 파트지만, 홍주 형보다 한새별에게 더 어려울 수 있었다.

그 이유는…….

"여기선 조금씩 감정을 실어야 해요."

홍주 형은 조금씩 그 색을 줄여 나가고 그 빈자리를 한새별이 채워야 한다. 그렇게 둘의 보이스가 완벽하게 어우러질 때 이 곡의 의미가 완성되니까.

처음부터 그랬다. 텅 빈 종이 위에 조금씩 색을 입혀가기 위해 탄생한 노래. 둘의 이야기를 고스란히 담아내려 했던 노래니까.

"할 수 있겠어요?"

상준의 물음에 한새별은 망설임 없이 고개를 끄덕였다.

안 되더라도 해보고 싶다.

홍주형과 나란히 마이크 앞에 선 한새별은 긴장된 마음에 침을 삼켰다.

"후우."

짧은 한숨과 함께 다시 전주가 흘러나왔다.

우리가 만든 이 이야기가
끝을 바라보며 쓴 이야기는 아니잖아

홍주형과 동시에 입을 연 한새별은 속으로 노래 가사를 곱씹기 시작했다. 이 가사대로라면 어떤 감정을 실어야 할까.

건조하게만 느껴졌던 한새별의 목소리에 조금씩 감정이 드러났다.

"오."

상준은 짧은 탄성을 뱉어내며 미소를 지었다.

노래의 맛을 살리는 호흡을 적절히 섞기 시작한 한새별.

저건 본능적으로 살려내는 호흡이 아니었다.

'연습했구나.'

노래의 어떤 마디마디에 호흡을 넣어야 감정이 살지, 철저히

계산한 듯한 호흡이다. 물론 자연스럽게 살려낸 감정보다는 다소 인위적으로 느껴질 수도 있겠지만 그야말로 장족의 발전이었다.

'훨씬 듣기 좋네.'

예전에는 한없이 맑기만 했던 보이스였다면, 조금씩 성숙해져 가는 느낌이 들었다. 녹음실 부스 너머로 상준이 엄지손가락을 치켜올리자 자신감이 생긴 한새별은 살며시 미소를 지었다.

그 이야기의 시작을 그려줄래
끝이 없다고 말해줄래

즐겁다.

홍주형은 녹음실 부스 옆에 설치된 카메라를 돌아보며 속으로 생각했다. 그저 너튜브를 하겠다는 핑계로 다시 음악에 도전하고 있을 뿐인데…….

'왜 안 즐거웠던 걸까.'

미련만 남아서 1년을 방황했다. 급박한 상황에 몰려 한동안 잊고 있었던 즐거움을 되찾은 기분이었다.

'원래 이랬었지.'

데뷔를 목적으로 달리다 보니 성적만 생각했다. 사실 그럴 수밖에 없었고.

그러다 보니 중요한 걸 놓친 기분이었다.

자신이 좇아야 했던 건 미련이 아니라 꿈이었다.

우리가 만든 이 이야기가

끝을 바라보며 쓴 이야기는 아니잖아

홍주형은 미소를 지으며 부드럽게 노래를 불러 나갔다.
여행을 온 듯한 신나는 멜로디가 둘의 귀에 꽂혔다.
마치 그들의 마음을 대변하듯 녹음실 부스를 통통 튀어 다니
는 음표들.

이 이야기를 시작해 줘
처음 만났던 그날처럼

둘은 서로를 마주보며 마지막 소절을 읊었다.

*　　　　　*　　　　　*

그렇게 두 번째 영상이 올라간 지 이틀 뒤.
상준은 정신없이 연기 수업을 듣고 있었다.
"대강 알겠어?"
"네엡!"
멤버들 단체로 진행하는 연기 수업.
영화 촬영 경험까지 있는 선우는 이전보다 확실히 실력이 늘
어 있었다. 탑보이즈의 연기 담당 전유식 선생은 만족스러운 미
소를 지으며 제현에게 말했다.
"다음은 제현이가 해볼까?"
탑보이즈에는 유독 아역 배우 출신들이 많았다.

제현도 그중 하나였던 터라, 기본적인 연기력은 가지고 있었다.

"네엥."

"대사 읊어봐."

전유식 선생이 시키는 대로 대본의 대사를 읊어보는 제현.

문제점을 찾은 건지 전유식 선생의 눈썹이 살짝 휘어졌다.

"잘하긴 하는데 발성이 좀 아쉽네."

"발성이요?"

제현은 두 눈을 끔뻑이며 손에 쥔 대본을 펄럭거렸다.

"소리를 내뱉는다는 느낌으로 다시 말해봐."

"네엥."

시키는 대로 하는 제현이지만 어딘가 아쉽다. 전유식 선생은 제현의 눈높이에 맞춰 설명을 다시 이어갔다.

"너, 먼 거리에 있을 때 사람 어떻게 부를 거야?"

전유식 선생은 상준을 한 번 돌아보았다.

"상준이가 멀리 있다고 생각하고 그냥 부르듯이 크게 불러봐. 야, 하고 크게 외쳐봐."

전유식 선생의 말에 고개를 끄덕이는 제현.

그리고.

"야!"

"……."

"야야야!"

왜 선생님이 하라는 대로 하는데 기분이 나쁜 걸까.

상준은 오묘한 감정으로 제현을 빤히 바라보았다.

"야! 안 들리냐! 야!"

"내가 저걸 확……."

결국 까불거리다가 응징당하는 제현이다.

"아아악!"

"그래, 제현아. 그렇게 발성하면 돼."

"살… 살려주세요……."

허공에 두 팔을 허우적대는 제현.

"연기를 왜 몸으로 배운 기분이 드냐."

"아이고, 삭신이야."

그렇게 스펙터클했던 연기 수업이 끝나고.

상준은 수업 시간 사이에 걸려온 전화를 확인했다.

"아, 맞다."

홍주형이었다. 오늘도 한 번 봐준다고 했었으니 지금쯤 녹음실에서 기다리고 있을 터였다.

"형, 편의점 가실?"

"아, 잠깐만."

갑자기 간식거리가 당겼는지 편의점에 가자며 꼬셔대는 도영이다. 상준은 손사래를 치며 주머니에서 휴대전화를 넣었다.

"먼저 가 있어. 들를 데가 있어서."

말 한마디가 끝나자마자, 상준은 녹음실 쪽으로 발걸음을 재촉했다.

*   *   *

"반응은 어때요?"

허억… 헉.

거친 숨을 몰아쉬며 문을 열어젖힌 상준이 가장 먼저 던진 질문이었다.

"반응이요?"

홍주형은 담담한 표정으로 솔직하게 말했다.

"좋아요."

뭐, 다 좋은 건 아니지만.

ㅡ얘네가 그 버스킹 친구들인가?

ㄴㅇㅇ 맞음

ㄴ작곡가가 나상준이라는데 내가 아는 그 상준임?

ㄴ아니, 이건 무슨 관계성이야 대체;;

ㄴ탑보이즈랑 얘네가 무슨 사이임?

ㅡJS 엔터 연습생 출신이래요!

ㄴ아

ㄴ연습생 때 친했나 보네

ㄴ왜 데뷔 못 했는진 알겠다

ㄴ???

ㄴ여자애 목소리가 매가리가 없네;;

ㄴ너보단 잘 부르는 듯?

ㄴ목소리는 좋은데 잘 못 쓰긴 하네. 약간 인공지능이 노래 부르는 기분?

대체적으로 호평이 많긴 했지만 중간중간 어색한 호흡을 지적

하는 댓글들이 많았다.

'많이 발전한 건데.'

한새별의 성격상 보나마나 상처받았을 게 뻔했다. 상준은 깊은 한숨을 내쉬며 일부러 크게 말을 뱉었다.

"하여간 방구석 전문가들……."

한새별은 두 눈을 끔뻑이며 상준의 눈치를 살폈다. 대놓고 욕을 하자니 후배의 시선이 신경 쓰인다. 상준은 헛기침을 하며 자리에서 일어났다.

"저는 좋던데요?"

기죽지 말라고 웃으며 건네는 말에 안도하는 크게 안도하는 한새별이다. 상준은 은근슬쩍 다른 이야기를 꺼내며 화제를 돌렸다.

"아, 연기 수업 하느라 오늘 늦어서."

"아, 아니에요. 와주신 것만으로도 감사하죠!"

한새별은 흐릿한 미소를 지으며 두 팔을 휘저었다. 상준의 한마디 한마디에 티 나게 긴장하는 기색이다. 목소리만큼이나 맑은 성격.

사실 이 연예계에 어울리는 성격은 아니었다.

아린처럼 당찬 구석이라도 있는 친구가 오히려 더 잘 버티는 곳이니까.

'걱정되네.'

그럼에도 한새별은 나날이 늘고 있었다.

"노래 불러봐요."

상준이 작곡해 준 곡을 다시 한번 불러보는 한새별.

우리가 만든 이 이야기가
끝을 바라보며 쓴 이야기는 아니잖아

호흡에 꽤나 신경을 썼는지 지난번보다는 훨씬 자연스럽다.

그런 한새별의 목소리에 낮게 화음을 깔아가는 홍주형. 확실히 색이 풍부한 목소리다.

'연습할수록 실력이 오르네.'

블랙빈 데뷔조를 노릴 때의 실력을 조금씩 찾아가고 있는 홍주형이다. 상준은 만족스러운 미소를 지으며 나직이 말을 뱉었다.

"많이 연습했나 봐요."

"뭐……."

죽어도 부정은 안 한다.

상준은 피식 웃음을 흘리며 한새별을 돌아보았다.

홍주형은 대강 해결된 듯하니 한새별의 문제점만 짚어주면 될 텐데…….

사실 문제는 명확하다.

해결책이 머릿속에서 맴돌기만 할 뿐.

'어떻게 하면 좀 더 자연스럽게 감정을 실을까…….'

본인 스스로도 너무 의식하다 보니 구독자들이 알 수밖에 없다.

힘을 빼야 할 곳에 감정을 실으려 하고, 정작 필요한 부분에선 건조하게 들어가니.

"으음……."

상준은 턱을 괸 채 한새별의 목소리를 들었다. 저 허전함을 어떻게 채워줄 수 있을까.

홍주형의 보이스와 어우러질 때 그 허전함이 조금씩 채워지는 느낌이긴 하지만 임시방편일 뿐이다. 정말 완벽히 어우러지려면……

"저 진짜 궁금한 게 있는데."

"아, 네."

"연기 수업에서는 뭐 배워요?"

"……!"

"데뷔조 친구들이 배우는 건 봤……."

갑자기 들어온 한새별의 질문에 상준은 자리에서 벌떡 일어났다.

"어… 어?"

한새별은 두 눈을 끔뻑이며 한 걸음 뒤로 물러섰다.

평상시였다면 놀라게 해서 미안하다고 사과라도 건넸을 상준이지만, 그럴 틈이 없었다.

"아."

생각났다.

부족함을 채워줄 방법이.

"연기… 배워볼래요?"

*　　　　*　　　　*

'연기로 된다고?'

홍주형은 미심쩍은 표정으로 상준과 한새별을 번갈아 돌아보았다. 상준은 선우에게서 받아 온 대본을 건네주며 입을 열었다.

「위대한 교육자」.

상준의 재능이 머리 위에서 반짝이고 있었다.

'조합' 기술로 아예 연기 재능을 한새별에게 전해주는 방법도 있긴 하겠지만, 어차피 유효 기간이 정해져 있는 재능을 지금 사용할 필요는 없었다.

'당장 급한 것도 아니니까.'

한새별에게 재능 대신 재능을 익히는 방법을 알려준다.

상준이 연기를 선택한 것도 그 이유에서였다. 무작정 노래에 감정을 실으려고 노력해 봐야 호흡을 사용하라는 조언밖에 할 게 없다.

'그건 이미 해봤으니까.'

이론이 아니라 그것을 몸에 녹여내기 위한 과정.

사실 연기는 노래만큼이나 발성이 중요했다. 거기에 더해 표정 연기까지.

아이돌들이 기초적인 연기 수업을 배우는 이유는 단순히 연기 그 자체 때문만은 아니었다. 발성과 호흡을 고루 쓸 수 있는 게 연기였기 때문이었다.

상준은 대본 한 파트를 손으로 가리키며 입을 열었다.

"여기서 대사 읊어봐요."

"네……!"

한새별은 침을 삼키며 상준을 똑바로 올려다보았다.

선우가 출연했던 영화 대본의 한 파트를 조심스레 내뱉는 한새별이다.

"이렇게까지 해야 뭐라도 알아낼 수 있잖아요!"

다급하고 절박한 상황에서 내뱉는 말이지만.

'영 기운이 없는데…….'

오히려 본인이 긴장한 뉘앙스다. 상준은 고개를 저으며 감정을 싣는 법을 한새별에게 알려주었다.

"잘 봐요."

같은 대사를 읊어보는 상준. 연기 수업때 배웠던 발성과 호흡을 살려 대사를 시연한다. 괜히 드라마에도 출연했던 게 아니다. 고작 한 대사로 연습실을 촬영장으로 만들어 버리는 상준.

"와."

한새별은 감탄하며 한 걸음 뒤로 물러섰다.

"해봐요."

하지만, 지금은 감탄만 하고 있을 때가 아니었다.

상준은 한새별에게 대본을 쥐여주며 말없이 지켜보았다.

"이렇게까지 해야 뭐라도 알아낼 수 있잖아요!"

훨씬 나아졌다. 상준의 목소리에서 느껴지던 미세한 떨림을 그대로 따라 하는 한새별. 상대방에게 선명하게 전달되도록 발성에 신경 쓰는 모습이다.

"좋다."

상준은 손뼉을 치며 고개를 끄덕였다.

그 이후로도 한 시간가량 연기 수업은 이어졌다.

'나도 잘하는 건 아니지만.'

기억을 되짚어가며 자신이 알려줄 수 있는 발성의 스킬은 다 알려주려 애쓰는 상준이었다.

「위대한 교육자」.

상준의 재능 덕에 한새별의 습득 속도도 훨씬 빨라졌다.

그렇게 연기 수업이 끝나고.

"그럼 이거 했던 것처럼, 노래도 한번 불러봐요."

지난번 상준이 작곡했던 곡.

MR 없이 노래부터 부르자니 긴장됐지만, 한새별은 조심스레 입을 뗐다.

그 이야기의 시작을 그려줄래
끝이 없다고 말해줄래

"어?"

가만히 앉아서 둘을 지켜보고 있던 홍주형은 놀란 눈으로 벌떡 일어섰다.

'이게 된다고?'

전과는 비교도 안 될 정도로 자연스러운 호흡. 이전에는 인위적으로 감정을 집어넣는 기분이었지만, 이제는 조금씩이나마 감정을 쓰는 법을 배운 것 같았다.

"와, 이게 다르네요."

홍주형은 감탄을 뱉으며 박수를 쳤다.

"괜찮아……?"

"뭐, 나쁘진 않네."

한새별의 물음에 박수를 치던 홍주형은 머쓱한 미소를 지으며 고개를 끄덕였다. 긴장했는지 하얗게 질려 있던 한새별은 안도의 한숨을 내쉬었다.

"다행이다."

성공의 기쁨에 젖어 있는 둘을 보며 흐뭇한 미소를 짓던 상준은 주의를 집중시키며 물었다.

"자자, 다음 곡 뭐 할 거예요?"

"다음 곡이요?"

앞으로 모든 커버를 상준이 도와줄 수는 없다.

이제는 둘이 해내가야 할 문제니, 자신의 역할은 여기까지.

대신 마지막 곡만큼은 정해주고 싶었다.

"이번에는 커버를 해볼까 하는데…… 탑보이즈 노래 중에 뭐가 있을까요……?"

"아, 저희 노래요?"

조심스레 내뱉은 한새별의 말에 상준은 두 눈을 끔뻑였다.

"으음."

다른 노래야 이미 커버 영상이 많으니 시선이 덜 쏠릴 테고.

잠시 고민하던 상준의 머릿속에 괜찮은 아이디어가 스쳐 갔다.

"BREAK DOWN 어때요?"

"그… 그게 뭐예요?"

아, 맞다.

이렇게 말하면 모르겠구나.

상준은 헛기침을 하며 말을 뱉었다.

"신곡이요."

"신… 신곡을요?"

신곡이 공개되고 가장 먼저 커버하면 되지 않을까.

음원 홍보 겸, 탑보이즈에게도 나쁠 건 없었다.

"먼저 유출만 하지 않는다면."

공개된 후에는 커버 영상을 올려도 상관없다.

"첫 커버를……."

"완전 좋아요."

평상시엔 뚱하니 앉아 있던 홍주형도 격하게 고개를 끄덕였다. 상준은 돌려 앉으며 모니터에 있는 음원들을 살폈다.

"여기에 있던 것 같은데……."

중얼거리며 폴더를 뒤지던 찰나, 주머니에서 전화가 울려 퍼졌다.

위이잉―.

"어?"

리더 선우였다.

"잠깐만."

상준은 선우의 전화를 받으며 둘에게 눈짓을 보냈다.

수화기 너머로 선우의 목소리가 울려 퍼졌다.

―지금 어디야?

"4층 녹음실."

―야, 야. 빨리 와봐.

다급하게 울려 퍼지는 선우의 목소리.

상준은 놀란 눈으로 되물었다.

"무슨 일인데?"

―우리…….

잠시 뜸을 들이던 선우의 입에서 반가운 한마디가 튀어나왔다.

―컴백일 나왔대.

* * *

블랙빈의 컴백과 겹치지 않기 위해 조금 뒤에 컴백하게 된 탑
보이즈였다. 반년 만의 컴백에 잔뜩 신이 난 멤버들이 회의실로
걸어 들어왔다.

"안녕하세요!"

"컴백이다, 컴백."

"예에에에!"

잡힌 날짜는 9월 29일.

조승현 실장은 커피 한 모금을 홀짝이며 손사래를 쳤다.

"다들 정신 사납게 서 있지 말고 좀 앉아봐."

"네엥. 아, 실장님!"

"너는 또 왜?"

"팽이도 회의 들어와도 돼요?"

"…나가라 해."

제현은 시무룩한 표정으로 팽이를 가방에 집어넣었다. 유찬은
혀를 차며 그런 제현에게 타박을 놓았다.

"야, 팽이 좀 가만히 둬라. 걔가 얼마나 스트레스받겠냐."

"혼자 있으면 외롭대……"

외로워 보이는 건 제현이지만 저리 말하니 동심을 깨기도 애
매하다.

유찬은 못 말린다는 듯이 고개를 저었다.

조승현 실장은 혀를 차며 본주제로 들어갔다. 오늘은 홍보 팀
도 참여한 회의. 제법 진지한 분위기에 제현은 입을 닫고 두 눈
을 끔뻑였다.

"너네 쇼케이스 말이야."

이번엔 기자들을 상대로 쇼케이스를 준비하기로 했다. 조승현 실장의 말에 상준은 두 눈을 크게 뜨며 되물었다.

"쇼케이스를 방송으로 진행하자고요?"

"어, TBN 측에 편성 시간도 잡아놓을 예정이야."

컴백 리얼리티 영상을 찍게 한 것도 그 이유에서였다. 컴백 무대와 합쳐서 아예 방송으로 준비해 보자는 조승현 실장의 제안.

"좋은데요."

멤버들은 고개를 끄덕이며 조승현 실장의 의견에 동감했다.

"그래서 말인데……."

조승현 실장의 말 한마디 한마디를 빠르게 적는 홍보 팀 직원들. 조 실장은 탑보이즈 멤버들을 돌아보며 고개를 까닥였다.

"아이디어 있어?"

"다른 콘텐츠요?"

"어."

두 시간으로 편성 시간을 잡는다고 가정했을 때, 단지 컴백 무대와 수록곡만으로 채우기는 애매했다. 도영이 두 눈을 반짝이며 번쩍 손을 들었다.

"데뷔곡이요!"

"…그건 당연히 할 거야."

"아, 그래요?"

절레절레.

홍보 팀 직원 하나가 고개를 저었다.

"모… 모를 수도 있지."

"저는 아무 말도 안 했어요!"

아무 말도 안 했는데 어째 표정이…….

도영은 시무룩한 얼굴로 고개를 푹 숙였다. 풀이 죽은 도영을 대신해서 유찬이 의견을 내놓았다.

"콘서트 보면 VCR 영상 많이 나오잖아요. 그런 데 쓸 만한 콘텐츠가 뭐가 있을까요?"

콘서트를 이미 한번 해봤던 탑보이즈다.

그때 나왔던 의견들 중에 괜찮은 게 있다면 재활용해 보자는 유찬의 제안이었다.

"아."

아까 도영의 말에 조용히 고개를 젓던 홍보 팀이 조심스레 입을 열었다.

"드라마 VCR은 어때요?"

"드라마요?"

멤버들이 직접 드라마 콘텐츠를 만들어서 팬들에게 선보이는 걸 영상으로 찍어보면 어떻겠냐는 의견. 상준은 아랫입술을 지그시 깨물며 고민에 빠졌다.

'드라마 인 드라마 같은 건가.'

행여 멤버들이 부담을 느낄까 싶었는지 홍보 팀 직원이 말을 덧붙였다.

"막 대단한 건 안 해도 돼요. 드라마 패러디 같은 거 있잖아요."

"아, 연말 시상식 때 자주 나오는 거?"

"네, 그런 식으로 유명 드라마 패러디해도 좋을 거 같고……."

괜찮은 의견이다.

조승현 실장의 두 눈이 반짝였다.

"그런 거 많이 하긴 하더라."

조승현 실장의 한마디에 아까부터 고민하던 상준이 조용히 손을 들었다.

"어, 왜?"

"제가 해볼까요?"

맞다.

"드라마 대본 잘 짠댔지?"

"잘은 아니고……."

"여튼 해봤었으니까."

중요한 건 작품성이 아니다.

"패러디 느낌으로 가볍게 짤 수 있겠어?"

조승현 실장의 물음에 상준은 한 치의 망설임 없이 고개를 끄덕였다.

"어떤 느낌 좋아하세요?"

그 물음엔 어떤 컨셉이든 자신이 있다는 의미가 내포되어 있었다. 상준의 질문에 유찬은 턱을 괸 채 대답했다.

"내가 봤을 땐 진지한 거보단 코믹하게 가보는 것도 좋을 거 같은데."

"코믹 좋지."

"맞아, 도영이가 좀 코믹하게 생겼… 아악!"

여기서까지 싸우냐.

조승현 실장은 혀를 내두르며 둘을 진정시켰다.

볼펜을 빙그르르 돌린 조 실장은 눈앞의 노트에 짧게 요약했다.

"그러니까, 코믹으로 가고 싶다는 거지?"

"기왕이면 막장도 재밌을 거 같은데."

제현이 해맑게 의견을 더했다.

"드라마 패러디로!"

"재밌게! 무조건 재밌게!"

요구하는 것도 참으로 많지만.

상준은 고개를 끄덕이며 말을 뱉었다.

"네, 한번 해볼게요."

*　　　　*　　　　*

그렇게 이틀 뒤.

멤버들은 드라마 영상 제작 건으로 다시 모였다.

촬영을 위해 준비된 동그란 탁자에서 상준이 가장 먼저 입을
열었다.

"일단 짜봤거든?"

"크으."

"와, 나 진짜 기대되는데?"

도영은 의자를 뒤로 젖히며 오두방정을 떨었다.

탁자 옆에 설치된 카메라가 그들을 찍고 있기에 꺼낸 리액션
이기도 했지만 사실 진심이었다.

'드라마 인 드라마에서도 장난 아니었지.'

케이블 드라마에서 영화 같은 퀄리티를 만들어냈던 상준이다.

최서예 작가가 극찬할 정도로 충격적이었던 대본.

"아니, 저승사자와 오디션으로도 글 쓰는데. 궁금하긴 하네,

진짜."

"상준이 형이 안 보여줬어요."

제현은 카메라를 슬쩍 돌아보며 일렀다.

같은 숙소에서 지내는 멤버들에게조차도 미리 대본의 내용을 공개하지 않았던 상준이다.

덕분에 궁금증은 한층 증폭되고 있었다.

"자자, 빨리!"

도영이 재촉하자 상준은 조심스레 대본을 꺼내놓았다.

밤새 고민해서 써두었던 드라마의 시놉시스.

"패러디로 기획하긴 했어."

"오오, 재밌겠네."

그간 유명 드라마에서 나왔던 막장 드라마의 패러디를 살려서 엮어낸 대본이다. 상준은 침을 삼키며 대본을 선우에게 넘겼다.

"와, 재밌을 거 같은데."

"…아직 첫 장도 안 넘겼잖아."

"미리 말해두는 거야."

선우는 피식 웃으며 천천히 첫 장을 넘겼다.

그리고.

"……."

한동안 정적이 흘렀다.

제3장

무대로 돌아오다

'아, 이렇게까지 해야 할까…….'

쓸데없이 고퀄인 아이디어 앞에서 당황했던 멤버들이다.

그래도 이때는 할 수 있겠다 싶었는데…….

생각보다 스케일이 커졌다.

JS 엔터에서 적극적으로 지원해 준 덕에 무려 병원 세트에서 진행되는 첫 촬영.

멤버들은 분주하게 대본을 살피고 있었다.

"이제현! 이제현!"

"왜?"

"이거 챙겨 가!"

양손에 곰 인형을 쥔 제현이 병원 세트를 열심히 돌아다닌다. 어떻게 해야 하는지 모르겠다는 듯 정처 없이 왔다 갔다 하는 제현을 위해 상준이 설명을 시작했다.

"지금 이 장면이 뭐야?"

막장 드라마의 서막을 알리는 아기 바꿔치기.

제현은 대본의 내용을 숙지하고선 격하게 고개를 끄덕였다.

"그래서 어떻게 하면 돼?"

한 손에는 회색 곰 인형을, 한 손에는 갈색 곰 인형을 들고서 고민하는 제현이다. 상준은 헛기침과 함께 장갑을 찾아냈다.

"내가 또 메디컬드라마 출신이잖아?"

라텍스 장갑을 양손에 끼는 상준이다. 그런 상준을 보고선 가만히 서 있던 카메라 감독이 고개를 갸우뚱했다.

"지금 저 장면 아기 바꿔치기 아냐?"

"맞을걸요."

"근데 왜……."

상준은 비장한 표정으로 세트 구석에 있던 메스를 들었다.

"메스."

"……!"

송준희 매니저는 팔짱을 낀 채 혼란스러운 표정이 되었다.

"쓸데없이 비장하네."

"장르를 스릴러로 만들지 마!"

상준은 한 걸음 뒤로 물러서며 턱을 손으로 쓸었다.

"아, 이게 아닌가?"

대본을 다시 한번 체크한 뒤 이상한 점을 발견한 상준이다. 상준은 뒤늦게 자신의 말을 정정했다. 어차피 바꿔치기만 하면 되니 굳이 메디컬드라마에 심취할 필요는 없었다.

"굳이 메스는 안 써도 될 거 같아."

"엉."

제현은 해맑게 고개를 끄덕이며 곰 인형 다리를 잡고 돌렸다.

"…곰탱이."

그새 이름까지 지어준 모양. 더 정들기 전에 빨리 촬영을 진행해야 한다.

탁.

슬레이트 소리와 함께 아까까지만 해도 멍하니 돌아다니던 제현의 표정이 바뀌었다. 비록 개그 분위기로 진행될 장면이긴 하지만, 진지한 얼굴로 웃음을 유발하기 위해 노력하는 제현이었다.

'저거 바꿔치면 돼.'

상준의 말을 따라 가만히 누워 있던 갈색 곰 인형을 회색 곰 인형으로 바꿔 버리는 제현.

그리고.

후다다닥.

매우 수상해 보이게 도망가 버리는 제현이다.

"푸흡."

도영이 웃음을 참지 못하고 앞으로 고꾸라졌다. 그 와중에도 선우는 흐뭇한 미소를 지으며 제현을 빤히 바라보았다.

"역시 막내 잘하네."

"…아. 잘한 거야?"

리더가 너무 편애한다면서 투덜대는 도영이다. 선우는 피식 웃으며 그런 도영의 어깨를 토닥였다. 부드러운 목소리로 격려를 건넬 줄 알았으나…….

"쟤는 착한 짓만 하잖아. 본받자."

"……!"

망할.

도영은 두 팔을 휘저으며 불합리함에 대항했다.

"와, 나 진짜 억울해! 진짜로!"

"농담이야, 농담."

"나 이제 삐져서 말 안 할 거임. 저리 가."

도영은 팔짱을 낀 채 티 나게 고개를 돌렸다. 하지만, 그것도 잠시.

정확히 5분 후에 은근슬쩍 말을 거는 도영이었다.

"다음… 장면 뭐지?"

"너 준비하래."

"아, 나야?"

선우는 고개를 끄덕이며 물 한 병을 건넸다. 누가 뭐래도 뒤에서 열심히 멤버들을 챙기는 리더다. 송준희 매니저가 체크해 둔 대본을 건네는 선우의 손길이 분주해졌다.

그사이 송준희 매니저는 열심히 제현이 나온 장면을 대신 모니터링하고 있었다.

"귀엽게 잘 나왔네요."

송준희 매니저는 선우 못지않게 흐뭇한 미소를 지으며 고개를 끄덕였다.

그리고 다음 씬.

"자, 상준이랑 유찬이! 도영이 이쪽으로!"

이어지는 대본의 내용을 알고 있는 상준은 두 눈을 질끈 감았다.

"망했네."

*　　　　　*　　　　　*

'대본을 쓸 때만 해도 내가 이 역할을 맡을 줄은 몰랐는데⋯⋯.'

다음은 막장 드라마에 흔히 나올 법한 장면이었다.

'나는 이 결혼 반대야! 반대!'

안 나오면 서운할 정도로 언제나 나오는 단골 소재. 익숙함으로 팬들에게 웃음을 선사하려고 했던 계획이었는데.

"왜 내가 이 역할이냐."

상준은 머리를 싸매며 작게 중얼거렸다.

"그야 상준이 형이 연기 천재니까! 연기 천재!"

이미 촬영이 끝난 제헌은 신이 나서 폴짝였다.

망할.

그래서 끌려왔다.

"⋯푸흡."

"자, 촬영 시작할게요."

촬영이 시작하기도 전에 상준은 도영을 보자마자 웃음을 참지 못했다. 파마 머리 가발을 쓰고 탁자 앞에 앉은 도영.

"왜 웃어! 웃겨⋯⋯?"

"거울 봐봐."

옆에 앉아 있는 유찬도 마찬가지다.

"……."

웃음 참기 대회인가.

상준은 마음속으로 'EIFFEL'의 한 구절을 부르며 생각을 돌렸다.

그러니까.

"내 딸은 안 돼."

"…푸흡."

"다시 갈게요!"

장모님 역할을 맡은 도영이 한마디를 뱉자마자 상준의 동공이 빠르게 흔들렸다. 저 몰골로 자신에게 말을 걸어오는 동료의 비즈니스를 봐야 한다니.

「무대의 포커페이스」.

상준은 차라리 재능을 쓰기로 마음먹었다.

"애, 얘들아. 웃으면 안 돼."

긴 생머리로 상준을 공격하고 있는 유찬이 중재했다.

픽.

가발에 맞는 기분은 좀 신박한데…….

"자, 다시!"

가장 큰 문제는 따로 있었다.

"내 딸은… 안 돼!"

교과서에서나 나올 법한 도영의 완벽한 딕션. 연기자가 아니라 아나운서를 하는 게 더 어울렸을 법한 딕션이다. 다행히 이번에는 웃지 않았다.

"……."

상준은 입꼬리를 내리며 도영의 다음 대사를 들었다.

"이거 돈 받고 우리 애 앞에서 사라져 줬으면 좋겠네."

흰색 종이봉투를 꺼내 드는 도영.

상준은 침착하게 대본 속 대사를 읊었다.

"따님과 헤어져 드리면 이 돈은 제 건가요?"

아.

죽을 거 같다.

유찬은 자꾸만 터져 나오는 웃음을 간신히 주워 담으며 두 눈을 끔뻑였다.

"그래. 크게 세 장 넣었어."

도영의 한마디에 상준은 종이봉투를 열었다.

종이봉투 안에 고이 들어계신 파랑색 세 장.

상준은 마른 입술을 떼며 조심스레 말을 이었다.

"어머님, 그래도 3천 원은……."

"……."

유찬은 이미 배를 잡고 앞으로 엎어졌다.

"따님이 충격이 크셔서 아프신 거 같은데……."

애드리브 대사를 뱉은 상준은 원래 하려 했던 대사로 돌아갔다.

"저는 헤어질 수 없습니다."

"뭐?"

"너무! 사랑하기 때문입니다!"

송준희 매니저는 머리를 긁적이며 나직이 말을 뱉었다.

"…뒤늦게?"

아까는 돈 봉투부터 확인해 놓고선 뻔뻔하게 외치는 상준을 보고 송준희 매니저는 웃음을 흘렸다.

「연기 천재의 명연」.

뻔뻔한 상준의 연기가 한층 분위기를 고조시켰다. 상준은 침을 삼키며 평상시보다 조금 더 악센트를 살리기 시작했다.

'코미디 연기니까.'

대본에서 그려내려던 모습을 최대한으로 살린다.

"그래서 절대 저는 헤어질 수 없⋯⋯."

"뭐⋯ 뭐?"

도영의 손이 어색하게 떨리기 시작했다.

바르르.

물컵을 손에 쥔 도영은 심호흡을 했다.

이 파트의 하이라이트.

'하나, 둘, 셋.'

속으로 숫자를 센 도영은 망설임 없이 물을 끼얹었다.

철퍽.

그리고.

"스트라이크!"

"예에에에!"

얼굴 정면으로 흘러내리는 물줄기를 멍하니 지켜보며.

상준은 깊은 고민에 빠졌다.

"아⋯⋯."

내가 뭐 하고 있는 거지?

*　　　　*　　　　*

"크흡."

아까 물을 잘못 맞아서 코로 살짝 마신 거 같다. 상준은 얼굴에 묻은 물을 수건으로 닦기에 정신없었다. 그런 상준을 돌아보며 제현은 카메라를 들었다.

"안녕하세요오!"

즐거운 장면을 카메라로 담아낼 겸 라이브로 방송을 켠 제현이다. 제현은 막대 사탕을 오물거리며 들어오는 팬들에게 손을 흔들었다. 이제는 혼자서도 능숙하게 라이브 방송을 진행할 줄 안다.

"오늘은 라이브로 팽이 일기를 찍을 거예요."

팽이를 한 손에 올려놓고선 배경으로 홀딱 젖은 상준을 담아낸다.

"팬분들이 너무 팽이를 보고 싶어 하셔서요."

—너가 보고 싶은거야 ㅠㅠ
—마저 ㅠㅠㅠㅠㅠ
—근데 뒤에 머임?
—상준이 왜 저러고 있어?

제현은 두 눈을 동그랗게 뜬 채 간결하게 상황을 정리했다.

"상준이 형은 지금 쫄딱 물에 젖었어요."

카메라를 한 번 빙그르르 돌리고선 상준에게 다가갔다.

"어흑. 야, 차도영. 너무한 거 아니냐."

"아, 즐겁다."

"옷을 적신 건 진짜 나빴다."

경쾌하게 스트라이크를 먹었다며 행복해하는 도영과 여전히 콩트의 여파에서 벗어나지 못하고 바닥을 구르고 있는 유찬. 마지막으로 젖은 생쥐 꼴이 된 상준까지.

—???????
—그래서 이게 뭔 상황이야
—머리에 가발 썼는데?
—컴백용 콩트인가?
—ㄷㄷㄷㄷㄷㄷ컴백용?
—기대되네

팬들의 각종 추측이 이어지자 제현이 해맑게 입을 열었다.
"아, 그게요."

—얼렁 말해줘 ㅠㅠ
—스포의 민족 탑보이즈!
—스포 좀!!!!
—온탑들아 순진한 제현이를 꼬드겨 보자!

제현은 막대 사탕을 오물거리며 솔직한 상황을 전달했다.
"반대에 부딪혀서 그래요."

—무슨 반대?

불안한 표정으로 돌아서는 상준.

제현은 해맑은 미소를 지으며 폭탄 같은 말을 던졌다.

"결혼이요."

—????????

그리고 무수한 갈고리가 댓글창을 도배했다.

스윽. 슥.

수건으로 얼굴을 닦고 있던 상준은 당황한 표정으로 말을 토해냈다.

"야! 이제현! 이상한 말 하지 말라고!"

제현은 한 바퀴를 돌고선 유유히 걸어갔다. 그 와중에도 나불대는 주둥이를 쉬지 않고 있는 그였다.

"지금 좀 예민해요."

—ㅋㅋㅋㅋㅋㅋㅋㅋ

—이건 또 무슨 신박한 컨셉이야 ㅋㅋㅋㅋ

—데뷔 1년 차 아이돌 결혼설

"결혼에 실패해서요."

—도랐 ㅋㅋㅋㅋㅋㅋㅋ

—결혼에 실패해서요 ㅋㅋㅋㅋㅋ

—이… 이게 머람

—???????

"그럴 수도 있죠. 원래 사랑은 어려운 거예요."

제현은 침착하게 고개를 끄덕이며 물에 젖은 상준을 다시 한 번 찍었다.

그사이, 상준은 다음 촬영에 들어가고 있었다.

메이크업을 다시 받은 후 비교적 뽀송한 상태로 돌아온 상준이 배추를 손에 쥐었다.

그랬다.

상준이 대본에 빼놓지 않고 넣은 마지막 씬은 바로 김치 싸대기 장면이었다. 아티스트의 안전상 차마 진짜 김치를 가지고 올 수는 없었기에.

"이걸로 후려치면 되죠?"

"무, 무서워."

상준은 배추를 손에 쥔 채 즐겁게 콧노래를 흥얼거리고 있었다. 평상시라면 대본을 분석하기에 바빴을 상준이지만.

"차도영 어디 갔어."

물을 스트라이크로 맞고선 공격력이 증가했다.

문제는…….

"왜 도영이가 물 부었는데 뺨은 내가 맞냐."

선우는 억울하다는 듯 작게 중얼거렸다.

"원래 홍대에서 뺨 맞고 강남에서 화풀이……."

"그거 맞아?"

"대충 맞겠지, 뭐."

이 모든 일의 주역인 도영은 생글거리며 울상이 된 선우를 응원했다. 그새 상준은 배역에 완전히 몰입한 채 배추를 양손에 쥐고 있었다.

"잠깐만."

그런 그들을 말없이 지켜보고 있던 송준희 매니저가 황급히 달려왔다.

"상준아, 진짜 때리는 건 아니야. 알지?"

가만 놔뒀다간 선우를 골로 보내게 생겼다.

"……."

이런 연기조차 최선을 다하려 했던 상준은 두 눈을 끔뻑이며 중얼댔다.

"저, 저는 진짜 물을 맞았는데요……."

후두둑.

여전히 축축한 신발을 내려다보며.

"아, 서러워."

어딘가 억울해진 상준이었다.

*　　　　*　　　　*

그렇게 난장판 치던 아이들은 어디로 가고.

"후우……. 떨린다."

컴백 당일 날만큼은 프로가 된 탑보이즈만이 남아 있다. 도영은 떨리는 손으로 휴대전화를 들었다. 6시에 음원과 뮤직비디오가 오픈했고 남은 건 음원차트뿐이다.

"어떨 거 같아?"

첫 번째 음원 성적이 나오기 10분 전.

6시 50분을 향해 가는 시곗바늘을 빤히 바라보던 유찬이 입을 열었다.

언제나 잘해왔고 최선을 다해왔던 멤버들이지만 지금 이 순간만큼은 조심스러울 수밖에 없었다. 상준은 침을 삼키며 두 손을 모았다.

"잘되길 바라야지."

멤버들이 더욱 떨고 있는 이유는 따로 있었다. 그동안 음원에서 좋은 성적을 냈던 탑보이즈다. 청량돌로도 불리며 탑보이즈 특유의 음악 스타일을 좋아했던 팬들이 많았다.

그런데 이번은 완전히 새로운 도전이었다.

뮤직비디오 스타일도, 곡의 분위기도 데뷔 때와는 많이 달랐다. 앞으로 다양하게 활동을 넓혀가기 위한 첫 번째 시도였지만 떨릴 수밖에 없었다.

'이번이 잘되어야 할텐데.'

소파에 앉아 있던 도영의 시선이 벽에 걸린 앨범 커버로 향했다.

블랙빈의 지난 앨범 커버 사진이다. 막상 음원이 발표 날 즈음이 되니 블랙빈이 떠올랐다. 같은 회사에서 데뷔한 데다가 바로 1년 차 선배라 그런지, 따라잡아야 할 목표처럼 느껴질 때가 많았다.

도영은 작은 목소리로 중얼거렸다.

"블랙빈처럼 되면 좋을 텐데."

탑보이즈보다 인지도 면에서 훨씬 앞서고 있는 블랙빈을 따라

잡을 수는 없겠지만, 그 언저리의 성적이라도 거두고 싶었다.

차트 줄 세우기까지는 아니라 해도.

"음악방송 1위!"

"차트 1위 한 번 찍고 내려왔으면 좋겠다."

"나는 3위 안에만 들어도 바랄 게 없는데……."

새로운 스타일로써 탑보이즈의 실력을 증명하고 싶었다.

운이 좋아서 뜬 신인이 아니라 뜰 만해서 뜬 신인으로.

'반짝하고 사라지는 애들 많아, 이 바닥엔.'

유지연 선생이 수업 시간에 했던 말이 떠올랐다. 어느 때고 겸손해야 한다는 의미에서 건넸던 말이었지만, 지금은 꽤 다른 의미로 받아들여졌다.

언제든지 인기가 사그라들 수 있다는 불안감.

새로운 도전에 대한 두려움.

그 모든 것들이 한데 섞여 상준의 머릿속을 어지럽혔다.

하지만.

"이번 앨범, 좋잖아."

선우가 입가에 미소를 띤 채 상준을 돌아보았다.

"나는 이런 모습도 보여주고 싶었거든. 연습생 때 많이 했던 컨셉이라 자신 있고."

"그치. 선우 형이랑 엄청 연습했었는데."

연습생 시절에 블랙빈의 곡을 커버하면서 파워풀한 분위기의 곡도 곧잘 소화해 왔던 멤버들이다.

"잘될 거 같아."

리더 선우는 확신에 찬 목소리로 말을 뱉었다. 은근히 긴장한 기색으로 앉아 있던 조승현 실장도 흐뭇한 미소를 지었다.

묵직한 성적표를 받아 드는 기분이긴 하지만, 주사위가 던져진 이상 돌이킬 수는 없다. 8시에 있는 쇼케이스 방송을 위해서라도 더욱 멘탈을 추슬러야 할 때.

"7시다!"

고요한 정적 속에 도영이 짧은 탄성을 터뜨렸다.

"빨리, 빨리 들어가 봐."

그리고.

다급히 메로나뮤직에 들어간 상준은 그대로 얼어붙었다.

"진입 5위다……!"

지난 앨범보다도 오히려 오른 진입 순위.

멤버들 사이에서 동시에 함성이 튀어나왔다.

"와아아아악!"

"탑보이즈! 탑보이즈! 탑보이즈!"

"1위 가즈아!"

"가자아아!"

*   *   *

흥분할 시간도 없이 쇼케이스는 시작됐다.

"후우."

오랜만에 서는 무대에 상준은 머리 위 환한 조명을 올려다보았다.

카메라에 빨간 불이 들어오자마자 상준은 거친 숨을 몰아쉬었다.

첫 번째 무대는 이번 앨범의 수록곡인 'DON'T STOP'이었다.

타이틀곡과 이어지는 스토리의 수록곡. 무너진 탑에서도 포기하지 않겠다는 내용의 빠른 템포의 노래였다.

이번에는 발라드 곡 대신 수록곡도 대부분 댄스곡이었는데, 그중에서도 활동곡으로 꼽은 'DON'T STOP'은 안무의 난이도가 꽤나 높았다.

'실수하면 안 되는데.'

멤버들은 동시에 긴장한 낯빛으로 카메라를 똑바로 응시했다.

두두둥.

빠른 템포로 울려 퍼지는 전주.

손만 뻗으면 닿을 거 같은데
닿으면 깨어질 것만 같아

도영이 두 팔을 양쪽으로 뻗으며 천천히 돌렸다.

그런 도영의 안무를 따라 차례로 쓰러지는 멤버들.

그 모든 것은 환상이었을까
이 이야기의 끝은 시작이 될 수 없는 걸까

도영은 시원시원한 고음을 내지르며 메인 댄서의 퍼포먼스를 보여줬다. 초반부터 이어지는 독무가 가장 까다로웠지만 흔들림 없이 라이브를 소화했다.

"와."

현장에 있던 기자들의 메모가 빨라진다.

경쾌하면서도 묵직한 멜로디가 순식간에 몰아치자 무대를 보고 있던 스태프들의 입이 서서히 벌어졌다.

화려한 퍼포먼스 그 자체다.

DON'T STOP
멈추지 말라고 속삭였던 너는
어디로 간 건지 보이질 않아

발이 땅에 닿을 틈도 없이 바쁘게 움직인다.

부서지는 무대 위에서
쉬지 않고 달려
멈출 수 없어서
손 내밀면 잡힐 것만 같아서

그간 연습해 왔던 모든 것을 이 무대에 쏟아내겠다는 생각으로 무대를 뛰는 멤버들. 상준은 미소를 지으며 카메라를 똑바로 응시했다.

"…눈빛 장난 아니네."

이 무대에서 멤버들이 보여주고 싶었던 건 새로움과 성숙함이었다. 쉴 틈 없이 바쁘게 뛰었던 4분 남짓의 무대.

보여주고 싶어 했던 걸 모두 보여주는 데.

성공한 거 같다.

"허억… 헉."

상준은 짜릿한 전율을 느끼며 거친 숨을 몰아쉬었다.

*　　　*　　　*

"와아아아!"

"네, 저희가 이렇게 첫 번째 무대를 선보였는데요!"

팬들 앞에서가 아닌 기자들과 스태프 앞에서 혼자 과한 리액션을 하고 있자니 부끄럽다. 뮤직월드에서 MC를 맡고 있는 상준이 비교적 차분한 목소리로 멘트를 이었다.

—무대 ㄷㅂㄷㅂ

—와……. 나는 이 스타일도 완전 맘에 드는데

—파워풀하고 간지 나고 다 해! ㅠㅠㅠㅠ

—꺄아아아아아아ㅏㅇ

실시간으로 쏟아지는 댓글들을 멤버들이 직접 보진 못했지만, 다들 이미 팬들을 앞에 둔 것처럼 잔뜩 신나 있었다. 도영은 상기된 얼굴로 상준에게 마이크를 건넸다.

"첫 번째 보여 드렸던 곡은 이번 앨범의 수록곡인 'DON'T STOP'이었습니다!"

"네, 무대 어땠나요?"

"너무 좋았죠? 알아요! 감사합니다!"

자기들끼리 열심히 묻고 답하고 있는 멤버들.

—ㅋㅋㅋㅋㅋㅋㅋㅋ이게 무슨 상황이야
—생방송치곤 긴장 안 하고 잘하네
—왜 너네끼리 놀구 있엉
—이게 머람… ㅋㅋㅋㅋㅋㅋ

상준은 반쯤 정신을 놓은 멤버들을 제지하며 두 눈을 반짝였다.
"이번 앨범에서 보여 드리고 싶었던 절제되지 않은 파워풀함을 담아낸 곡이었습니다. 타이틀곡과도 이어지는 스타일의 음악인데요."
"타이틀곡도 궁금한데요."
"네, 타이틀곡은……."
상준은 입꼬리를 천천히 올리며 도영의 어깨를 툭 쳤다.
"광고 보고 오시죠!"
"…광고 타임이었어?"

—??? 시작한 지 10분 만에 광고 타임?
—무수한 갈고리 수집

물론 광고는 직접 만들어야 한다.
"맛있는 유찬이 라면! 오늘은 나도 유찬이 요리사……!"
"아악!"
"……."

뒤에서 VCR 영상을 준비하는 사이, 자체적으로 시간을 끄는 멤버들이다. 도영은 신이 나서 유찬의 머리를 잡아당기고 있었다. 헤어디자이너의 비명 소리가 저쪽에서 들리는 것 같았지만.

그사이, 무대 뒤 화면에서 익숙한 영상이 떠올랐다.

"네, 사실 타이틀곡 전에 저희가 준비했던 게 있거든요."

선우는 대본을 손에 쥔 채 상준에게 다음 대사를 넘겼다.

"바로 드라마 VCR 영상인데요."

상준은 뒤로 돌아앉으며 침을 삼켰다. 팬들을 위해 준비한 영상이지만 막상 선보이려 하니 긴장이 되었다.

상준의 말이 끝나기 무섭게 환하게 켜지는 화면.

—저게 뭐야??
—드라마 VCR?
—패러디인가?
—어어ㅓ○… 막장 드라마 VCR이라는데?

맞다. 패러디다.
그런데.

—스트라이크!
—예에에에!

이런 걸 기대하진 않으셨을지도.
상준은 드라마를 찍었을 때의 고생을 다시 한번 되새기며 도영을 돌아보았다. 도영은 일부러 과한 헛기침을 하고 있었다.

"저는 모르는 일……."

—ㅋㅋㅋㅋㅋㅋㅋㅋㅋㅋㅋㅋ

—이게 대체 뭐냐고 ㅋㅋㅋㅋㅋㅋㅋ

—스트라이크 도랐 ㅋㅋㅋㅋ

—뭔데 물을 저렇게 잘 맞히지??

—알고 보니 도영이가 농구 배웠던 거심. 그게 아니라면 야구냐?

둘 다 아니다. 상준은 억울한 표정으로 괜히 얼굴을 쓸었다. 그다음에는 출생의 비밀이 밝혀지는 장면. 상준이 적재적소에 배치해 두었던 장면들이 빛을 발했다.

—팽이……. 유찬이 딸이래요…….

주르르륵.

오렌지주스를 뱉어내는 선우.

가만히 앉아 있던 멤버들도 두 눈을 가리며 고개를 돌렸다.

"대체 뭘 찍은 거야……."

"상준이 형 아이디어였어."

"팽이가 여기서 왜 나오는데?"

—ㅋㅋㅋㅋㅋㅋㅋㅋㅋㅋㅋㅋㅋㅋㅋㅋ

—나는 매우 혼란스럽… 읍니다…….

―2222222

―아니, 이게 무슨 대환장 파티임?

막장을 향해 달려가는 한 편의 VCR.

고작 10여 분짜리 영상에 익숙한 장면이 몇 개나 들어간 건지.

선우는 다시 한번 상준의 대본에 감탄했다.

"와, 이렇게 보니까 정말…… 충격적이네요."

"팬분들도 많이 충격받으신 듯한……."

드라마 VCR 영상이 끝나자, 상준은 뿌듯한 미소를 지으며 고개를 끄덕였다.

"예, 제가 썼습니다."

"역시 드라마 인 드라마의 메인작가……."

중얼거리는 도영의 말을 무시하고 상준은 다음 대사를 확인했다.

"네, 그랬고요. 다음으로 볼 건……."

"제가 준비했습니다!"

제현이 해맑은 얼굴로 손을 번쩍 들었다. 막간의 타임을 이용해서 팬들을 위해 준비했던 팽이 일기 외전.

두근대는 마음으로 팽이 일기를 기다렸던 팬들은 이내 차갑게 식어갔다.

5분 넘도록 화면에 가득한 명주달팽이 한 마리.

심지어 영상 편집을 직접 제현이 한 모양인지, 화려한 액션이 영상에 스쳐 갔다.

—와아아아아아

—뭐야 뭐야?

처음에는 호기심 가득한 시선으로 지켜보던 팬들도 이내 충격에 빠졌다.

[팽이는 오늘 상추를 먹었어요~]

—달팽이만 나오는 건 아니지? 아니라고 해줘

—이거슨 다큐의 현장?

—?????

—동물의 왕국 — 달팽이 편

"와, 귀여워."

제현과 함께 팽이 녀석의 비주얼에 빠져 있던 멤버들은 댓글을 보고선 정신을 차렸다. 이대로는 안 되겠다 생각했던 상준이 다급히 마이크를 잡았다.

"자, 차도영 씨!"

"네… 네?"

"달팽이 성대모사 보여주세요!"

"매번 말했지만 이런 건 제발 미리 좀 알려달……."

투덜대면서도 시키는 대로 잘한다.

"꾸에에……?"

아니, 잘하는 건 아니고.

열심히만 한다.

상준은 손사래를 치며 자리에서 벌떡 일어났다.

컴백 쇼케이스가 아니라 단체 버라이어티만 보여주고 있는 상황.

이 분위기를 180도로 바꾸기 위해 다시 무대를 보여줄 때가 됐다.

"시작하죠."

상준은 비장한 목소리로 천천히 입을 뗐다.

"이번 타이틀곡."

*　　　　　*　　　　　*

타이틀곡 무대라면 지금까지 수백 번을 연습해 왔다.

자다가도 멜로디가 꿈에 나올 정도로, 아침에 일어나자마자 음악에 맞춰 춤을 추고 있을 정도로.

"후우."

그렇게 연습해 왔는데도 무대에 서면 떨린다.

한 치의 실수도 있어서는 안 된다는 압박감이 온몸을 감싸 돌았지만 그와 별개로 확신이 있었다.

'이번에도 잘 해낼 거라는 믿음.'

상준은 미소를 지으며 멤버들을 돌아보았다. 멤버들의 틈새로 튀어나온 제현이 첫 번째 소절을 시작했다.

기억을 되돌려

어디서부터 잘못된 걸까

격렬한 템포에도 흐트러짐 없는 제현의 보이스. 도영은 그런 제현의 파트를 받으며 여유로운 미소를 지었다.

아무런 고통도 없이
영원할 거라 믿었던 내 바람은
한 줌의 재가 되었어

김광현 안무가의 빡셌던 안무 연습은 확연한 효과를 내었다. 낼 수 있는 힘을 전부 쏟아부었었던 도영은 이제 기술적으로 접근했다.

'이 정도로 강약 조절이 들어가도 충분해.'

처음에는 그저 감이었다. 불완전한 감과 재능으로 무대를 뛰어다니다 보니 쉽게 지쳤다. 하지만, 김광현 선생의 조언 덕에 확실히 알 수 있었다.

어떤 포인트에 힘을 주고, 어떤 포인트에서 힘을 빼야 하는지.

타고난 감은 그 기술에 도움이 되었고.

"와……."

기자들 틈에서도 탄성이 튀어나왔다.

"이번에 진짜 칼 갈고 준비했는데?"

"안무도 장난 아니네."

작게 중얼거리면서도 키보드를 두드리는 걸 멈추지 않는다. 뽑아낼 장면이 너무도 많고 기사화할 포인트가 넘쳐흐르는 무대다.

> 적어도 저 탑 위에선
> 모든 게 완벽할 거라 믿었어
> 그 믿음조차 거짓이었던 걸까
> I fall in failure

완벽히 새로운 도전이지만 흔들림없이 무대를 선보이는 탑보이즈. 무너지는 탑을 몸으로 표현해 내는 안무를 보며, 연예부 기자 쪽에선 다시 한번 감탄을 뱉어냈다.

"그림이 딱 보이네."

"그러니까. 동선이 안 틀어지고."

동선 간의 간격이 딱딱 맞아야만 보여줄 수 있는 안무다.

흐트러짐 없이 하나된 동작을 보여주면서도 라이브는 놓치지 않는다.

> *BREAK DOWN*
> *그 잔해 속을 헤쳐 나와*

거친 멜로디 속에 묘하게 녹아 들어간 탑보이즈의 특유의 분위기.

> *아무것도 남지 않은*
> *탑을 다시 한번 그려*

상준은 미소를 지으며 마지막 소절을 읊었다.

이제는 아무것도 볼 수 없어

＊　　　＊　　　＊

「탑보이즈 새로운 스타일 도전? 제2의 블랙빈인가?」
「파워풀함 속에 숨어 있는 스토리, 탑보이즈 뮤직비디오 29일 공개」
「각종 음원차트 석권 중인 탑보이즈 신곡, 혜성 같은 신인 되나?」

—이번 앨범 진짜 잘 뽑긴 했더라
ㄴ묘하게 블랙빈 스타일이랑 다르긴 한데……. 이걸 얘네가 소화할 줄은 몰랐네
ㄴ맨날 청량청량만 해서
ㄴ나는 그래도 청량 탑보이즈가 더 좋은디…….
—확실히 이런 느낌이 해외에선 먹히지 않나. 이번에 해외 활동도 나간다던데?
ㄴ월드 투어?
ㄴ내가 봤을 땐 그것도 염두에 두긴 한 듯?
ㄴ다들 스타일이니 어쩌니 하지 마삼. 어찌 되었건 앨범 기록은 최상 아님?
ㄴ단기간에 5위권 바로 석권하긴 했는데
ㄴ글쎄 모르겠다. 1위 가능할랑가?

이번 새로운 도전에 대해 팬들의 반응은 대체로 좋은 편이었다. 간혹 청량한 스타일을 그리워하는 팬들도 있었지만, 곡과 뮤직비디오가 전반적으로 잘 뽑혔다는 거에 이견을 두는 사람은 없었다.

다만.

"1위 찍을 수 있을까?"

이틀이 지난 지금, 2위에 머물러 있다.

엄청난 성적이라 기뻐하긴 했지만 아쉬움이 남긴 했다. 1위가 너무도 견고해 보였으니까.

"무슨 그래프가 이러냐."

"그러게. 차이가 장난 아니네."

상준은 넘지 못할 것 같은 벽을 보는 기분으로 혀를 내둘렀다.

"크리피타운? 처음 보는 이름이긴 한데……."

탑보이즈와 같은 날 앨범을 발매한 크리피타운의 '그래도 좋았어'가 이틀째 독보적인 1위를 달리고 있었다.

"그래도 충분히 잘했어."

선우는 멤버들의 어깨를 토닥이며 웃어 보였다.

"반응은 진짜 좋은데……."

"대진 운이 그럴 수도 있지."

상준은 대수롭지 않게 생각하며 자리에 앉았다. 음원차트도 중요했지만 자체적으로 얼마나 성장했는지가 더 중요하다고 생각해서였다.

대진 운이 따르지 않는다면 곡이 좋다고 해도 그만한 성적이 따르지 않는 경우가 많았다. 그래도 나름 2위에서 고전하고 있다는 것만으로도 충분히 긍정적이었다.

'아쉽긴 하지만……'

그와 별개로 아쉬운 마음을 지울 수는 없다.

상준은 쓸쓸한 미소를 지으며 포털사이트 게시 글들을 확인했다.

"우리 뮤비 해석인가 본데?"

"와, 이거 진짜 장난 아니다."

상준이 클릭한 게시 글을 보기 위해 몰려든 멤버들.

거기에는 이번 탑보이즈 뮤직비디오의 해석이 상세하게 적혀 있었다.

「탑보이즈 모닝콜—에펠—ASK 뮤직비디오 총정리

이번 탑보이즈 신곡 보고 확신이 섰다.

아이돌 덕질 인생 26년의 촉이……. 뮤직비디오 해석본 들고 왔음!

모닝콜에서 뮤직비디오에 유찬이 전화를 받자녀

그 전화를 받고 탑에 올라가는 방법을 찾는 게 에펠임.

탑보이즈를 누가 끌어올려 줘서 에펠의 탑 위에 서게 되잖아?

그걸 도움이라고 생각한 건데…….

그다음 ASK 뮤비가 중요함

애들 물감 놀이 하는데 계속 검은색 물감이 만들어지잖아.

유찬의 표정이 어두운 이유가 전화를 하다가 눈치챈 거임

여기가 뭔가 이상하다는 걸」

─그래서 노래가 그렇게 끝나는 거야?

　ㄴ이곳은 정상이 맞는 걸까 ㄷㄷ

　ㄴ맞는 거 같은데;;

└이거 다음 해석 좀!

"오호."

상준은 턱을 쓸며 아래 게시 글을 확인했다. ASK 뮤비까지 짧게 해석한 작성자는 뜨거운 반응에 이어서 글을 올린 모양이었다.

「BREAK DOWN 뮤직비디오 총정리
역시 이번 컴백은 내 예상이 맞았다!(다들 소리 질러!)
여튼 주접은 여기까지 하고 수록곡 뮤비부터 보면…….
그리고 있어서 전화를 받지 않는다고 불안해하잖아?
그다음 나온 곡이 이번 타이틀곡이란 말야.
짧게 정리하자면 〈BREAK DOWN〉은 탑이 무너지는 내용인데,
이걸 통해 그동안 내가 찾아낸 떡밥이 팩트임을 알 수 있음!
그동안 전화를 해온 사람이 거짓말을 했던 거심

무엇이 진실일까
I fall in failure

아마도 다음 타이틀은 다시 탑을 찾아 올라가는 내용이 아닐까?
이번 앨범 컨셉이 거짓과 좌절인데 다음에는 밝은 컨셉이 아닐까 조심스레 추측해 봄.」

"와."
"다음 컨셉 뭐예요?"

유감스럽게도, 당사자인 멤버들도 몰랐다.

상준은 피식 웃음을 흘리며 휴대전화를 내려다보았다.

"거의 맞히긴 했네."

"맞어, 추측 잘하시네."

다양한 분야의 팬분들을 만나면서 감탄했던 게 한두 번이 아니었다. 이 정도의 실력자가 이런 분석을 보여주다니. 매번 놀라움의 연속이었다.

"이런 관심이 늘 감사하지."

그게 탑보이즈가 무대를 뛰게 만드는 힘이라고 생각하는 상준이었다. 상준은 웃으며 반사적으로 너튜브에 들어갔다. 요즘 매일같이 확인하는 채널이 있었기 때문이었다.

'잘하고들 있나.'

음원 성적은 아쉽게 2위였지만, 좋은 소식이 없는 건 아니었다.

〈BREAK DOWN〉 커버 영상을 가장 먼저 올렸던 홍주형과 한세별의 영상은 엄청난 조회수를 올리고 있었다.

"속도 장난 아닌데?"

옆에 앉아 있던 도영이 놀란 눈으로 탄성을 뱉었다.

"그래? 나는 잘 몰라서."

이쪽에는 별 관심이 없었던 상준이라 그냥 숫자가 올라가는 것만 보면서 뿌듯해하고 있었다. 가장 트렌디한 소식들을 쥐고 있는 도영이 저리 말하니 믿음이 간다.

상준의 물음에 도영은 격하게 고개를 끄덕이며 말했다.

"봐, 하루 만에 지금 조회수가……."

가장 먼저 커버 영상을 올린 효과는 엄청났다. 거기에다 탑보

이즈와 버스킹을 함께했던 친구들이라는 이미지가 팬들의 호감
도를 키웠고.

"20만 뷰면 진짜 대박인 건데?"

"정말?"

"구독자 수 봐봐."

처음에는 천 명에 불과했던 구독자 수가 버스킹 영상 이후로
만 명, 이만 명을 넘더니…….

이제는.

"와. 이게 말이 돼?"

개설한 지 2주 만에 10만이 넘었다.

"오, 10만 명. 많네."

"형, 이건 그냥 많은 게 아니라……."

"우리는 3백만이잖아."

"…아니."

제현이 뒤에서 나직이 혀를 찼다.

"수많은 너튜버들이 들었으면 한 대 쳤을 소리다."

"맞지."

연예인과 비교하지 말라는 도영의 말에 그제야 납득한 상준이다.

여튼 일반인이 이렇게 단기간에 찍기 힘들다는 10만.

"10만 찍으면……. 그 뭐시기, 실버 버튼도 준대요."

"실버? 진짜 은이야?"

"……."

상준의 물음에 제현은 두 눈을 끔뻑이며 막대 사탕을 입에 물었다.

"감동 파괴."

심지어 노트 위에 메모까지 적어놓는다.

[상준이 형은 은을 좋아한다.]

그걸 힐끗 본 상준은 뻔뻔하게 덧붙였다.
"아냐, 틀렸어."
"어엉?"
"금을 더 좋아해."
"아……."
"시간은 금이니까, 다들 빨리 가서 연습을……."
"망할."
동생들이 하나둘씩 자리에서 일어난다.
잠시 쉬고 있던 녀석들이 곡소리를 내며 스트레칭을 시작했다.
그 순간.
띠리링―.
상준이 손에 쥔 휴대전화가 시끄러운 소리를 내며 울렸다.
"어?"
연락을 준 이는 뜻밖에도 홍주형이었다.
살벌한 연예계에서 조금이라도 버티길 바라는 마음으로 도움
을 줬던 건데, 이렇게 좋은 결과까지 들고 오니 더 기분이 좋다.
'실장님이 이런 생각이셨겠구나.'
상준은 흐뭇한 미소를 지으며 전화를 받았다.
"무슨 일이야?"
―아, 그게요.

홍주형이 담담한 목소리로 입을 열었다.

―오늘 끝나고 시간 되세요?

"오늘?"

상준은 시계를 슬쩍 돌아보며 고개를 끄덕였다.

사실 컴백 직후 일주일은 정말 눈코 뜰 새 없이 바쁘다. 각종 방송부터 시작해서 예능 스케줄도 줄줄이 잡히기 때문이었다.

더욱이 탑보이즈에서 예능 멤버로 꼽히는 상준과 선우의 경우에는 스케줄이 배로 뛰었다. 오늘만 해도 이미 스케줄 두 개를 뛰고 잠시 연습하러 들어온 참이었고.

하지만.

"잠깐은 되는데."

민폐가 될까 봐 웬만한 문제는 자신들의 힘으로 해결해 보겠다고 단언하던 녀석들이었다. 그런 친구들이 이렇게 전화까지 걸어왔다는 건 뭔가 있다는 소리였다.

고로 그냥 돌려보내고 싶지는 않았다.

"지금 볼까?"

상준은 휴대전화를 내려놓으며 빠르게 걸음을 뗐다.

* * *

"사실, 드리고 싶은 말씀이 있어요."

예상대로였다.

JS 엔터 1층 벤치에 앉은 녀석들은 심각한 표정으로 상준을 보고 있었다. 상준은 어깨를 으쓱이며 차분하게 물었다. 걱정거리라도 있어서 여기까지 한달음에 찾아왔을 터.

"무슨 일인데?"

워낙에 심각한 얼굴을 하고 있어서 사고라도 친 줄 알았다.

그런데.

"그게……."

녀석들의 입에서 나온 말은 전혀 뜻밖이었다.

홍주형은 두 손을 꼼지락거리다가 고개를 들었다.

"저희, 다시 가수 해보려고요."

제4장

음원은 실력으로

다시 가수를 한다니.

상준의 얼굴에도 화색이 돌았다. 사실 무엇을 하든 말릴 생각은 없었지만, 둘의 목소리를 들은 순간 확신이 들었다. 저대로 데뷔해도 괜찮지 않을까.

데뷔 자체가 바늘구멍에 들어가는 것처럼 엄청난 운과 실력이 따라야 하는 일이라지만, 그 스타트를 끊은 순간 상준은 그들을 응원해 주고 싶었다.

하지만, 뒷말은 상준에게도 뜻밖이었다.

"저희, 내일 라디오 나가요."

"라디오?"

일반인인데 스케줄이 생겼다는 소리다.

상준이 두 눈을 끔뻑이며 둘을 번갈아 바라보던 순간, 홍주형이 먼저 입을 뗐다.

"JS 엔터로 돌아가기로 했어요."

*　　　　　*　　　　　*

둘이 JS 엔터로 돌아온 후 조승현 실장의 반응은 좋았다. 어쩔 수 없어서 붙잡지 않았던 거지 홍주형에 대해서는 퍽 애틋했던 조승현 실장이다. 회사를 관두겠다는 결정을 하기까지 홍주형을 지켜봐 왔고.

'잘됐네.'

조승현 실장이 탑보이즈에게 상기된 얼굴로 쏟아내던 말을 떠올리자니, 상준까지 훈훈해지는 기분이었다.

그 영상이 SNS에 퍼진 이후로 각종 소속사에서 스카우트 제안이 많이 들어온 모양이었다. 그런데도 단칼에 거절하고 JS 엔터로 돌아왔단다.

누구는 탑보이즈빨이라며 까기도 했지만, 그렇다 해도 실력과 화제성 면에선 둘을 거절할 곳은 없었다. 유명세를 타는 친구들을 굳이 막을 이유는 없으니.

그런 상준의 상념을 도영의 목소리가 깨웠다.

"오늘도 장난 아니게 바쁘겠다."

음악방송부터 제안 들어온 예능의 사전 미팅까지. 오늘도 어김없이 스케줄이 가득 채워진 날이었다. 도영이 창밖을 바라보며 중얼거리는 말에 상준은 대답 대신 고개를 끄덕였다.

그 순간.

"노래나 들을까?"

송준희 매니저가 차 안 라디오의 볼륨을 높였다.

때마침 흘러나오는 익숙한 노래.

"어, 우리 노래다."

탑보이즈의 이번 신곡 'BREAK DOWN'이었다. 제현은 어깨까지 들썩이며 조용히 신나 있었고, 도영은 자신의 파트를 흥얼거리며 따라 부르고 있었다.

길거리를 거닐 때나 라디오를 틀었을 때. 익숙한 노래가 나오면 괜히 뿌듯했다. 이 넓은 세상에서 조금이나마 흔적을 남기는 기분이 들어서랄까.

상준은 씨익, 미소를 지으며 의자에 몸을 젖혔다. 때마침 라디오 DJ가 곡 소개를 이어가고 있었다.

─네, 탑보이즈의 'BREAK DOWN' 잘 들었습니다. 오늘은 이 노래만큼이나 앞으로 가요계를 부숴 나갈 신인들을 모셨는데요!

가만히 앉아서 듣고 있던 제현은 두 눈을 끔뻑이며 일어났다.

"그… 그런 노래 아닌데."

유감스럽게도 그렇게 막 부숴 버리는 내용의 노래는 아니다.

"부서지는 탑에서 탈출하는……."

"와, 너무하네."

"크응."

자기들끼리 열심히 투덜거리면서 중얼대고 있다. 송준희 매니저는 못 말린다는 듯이 피식 웃으며 운전대를 꺾었다. 그렇게 열심히 불만을 쏟아내던 찰나.

—자기소개 해주시죠! 홍주형, 한새별 씨 모셨습니다!

—와아아아아

—네, 안녕하세요! 홍주형입니다.

—한새별입니다!

"어?"

라디오에서 흘러나오는 익숙한 목소리를 들은 멤버들은 멈칫했다.

"맞다."

라디오 있댔지.

상준은 입을 떡 벌리며 귀를 기울였다. 아까까지는 별생각 없이 흘려듣고 있던 라디오의 대사들이 귀에 쏙쏙 박힌다. 제법 긴장한 티가 라디오 너머로도 느껴진다.

—너튜버 겸 버스킹을 함께하고 있습니다!

—잘 부탁… 드립니다!

그래도 나름 능숙하게 말하려 애를 쓰는 홍주형부터 잔뜩 굳어 있는 한새별까지. 상준 역시 조마조마한 심정으로 둘의 인터뷰를 들었다. 사실상 일반인이나 다름없는 둘을 데리고 방송을 진행하자니, 공격적인 질문들은 크게 없었다.

좋아하는 음악 스타일이라든가, 작업 스타일.

너튜브는 어떻게 시작했는지 등의 무난무난한 질문들이었다.

그런데.

―여러 소속사의 러브 콜이 있었다고 들었는데요. JS 엔터는 어쩌다가 다시 돌아가게 된 거예요?

여자 DJ의 한마디에 너 나 할 거 없이 굳은 멤버들이다.
JS 엔터에서 연습생을 했었고 거길 박차고 나와놓고서 다시 돌아간 이유. 사실 상준 역시 은근히 궁금했던 질문이었다.
'이렇게 대놓고 물을 줄은 몰랐지만.'
무슨 생각으로 다시 돌아왔던 걸까.
대답 없는 둘에 DJ가 다시 한번 운을 띄웠다.

―고향 같은 소속사라서요?

이번 질문에는 칼같은 대답이 나왔다.

―아니요.
―아, 그러면?

상준은 팔짱을 낀 채 천천히 고개를 들었다.
그 순간, 홍주형의 담담한 목소리가 차내에 울려 퍼졌다.

―고향 같은 사람들이 있어서요.

　　　　　＊　　　　　＊　　　　　＊

　끼이익.

　사전 미팅실에 도착한 후에는 홍주형의 말을 떠올릴 새도 없이 바빴다. 이번에 탑보이즈 멤버들이 단체로 나가기로 결정 난 방송은 다름 아닌「금주의 아이돌」이었다.

　아이돌 팬들이 가장 선호하는 방송이자, 수많은 라이트 팬들의 관심을 끌 수 있는 유명 프로그램. 멤버들의 캐릭터를 잡아야 하니 상대적으로 미팅도 잦은 편이었다.

　"도영 씨는 좋아하는 취미 있어요? 아니면 개인기나?"

　「금주의 아이돌」서브 작가들이 질문을 던지며 빠르게 받아 적었다. 여기서의 질문들을 바탕으로 캐릭터가 구체화될 예정. 기존에 여러 예능을 자주 나갔던 멤버들이라 이미 어느 정도의 캐릭터는 만들어져 있었지만 거기에 활력을 더하는 것이 작가들의 역할이었다.

　"선우 씨는 이번에 영화도 찍었다면서요?"

　"아, 맞습니다!"

　"배우 상이네."

　"하하…… . 아니에요."

　"나중에 배우 하는 거 아니에요?"

　"으어…… . 아닙니다."

　진행자들이 좋아할 만한 떡밥들까지 은근히 던져주는 작가들이다.

　더욱이 지금 이 사전 미팅 장면이 카메라에 담기고 있으니, 언제 어디서 활용될지 모른다.

선우의 경우 10월 중에 나올 영화 때문에 작가들의 관심이 쏠려 있었고. 상준은 워낙 다양한 예능에 출연하다 보니 요구하는 에피소드들이 다양했다.

"그래서 이번 앨범도 나상준 작곡가님이 작업하셨다고?"

"저… 저한테 왜 그러세요."

아무리 철판이 되었다지만 그걸 제작진들한테 직접 듣는 건 느낌이 좀 다르다. 상준은 어색한 웃음을 흘리며 고개를 돌렸다.

그다음, 멤버들의 숙소 생활로 화제가 돌아갔다.

"가장 안 치우는 사람!"

"어… 어. 박빙인데!"

본격적인 예능 촬영도 아닌데 카메라가 돌아가고 있는 터라 멤버들의 리액션도 격하다. 제현은 메모지를 꺼내 확인하기까지 한다.

"진짜 너무 어려운 질문이네요."

어려운 이유는 하나다.

"다 안 치워요."

"…아니, 대체."

유일한 한 사람 빼고.

"선우 형이 가장 열심히 합니다."

"맞아요, 미안! 아악, 왜!"

너무 해맑게 미안함을 피력하는 바람에 한 대 맞을 뻔한 도영이다. 선우가 더 흑화하기 전에 다음 질문으로 넘어가야 한다.

"연습 때 가장 많이 틀리는 사람 누구예요?"

"이… 이건."

동시에 한 사람으로 멤버들의 눈길이 향한다.

"으음?"

태연하게 고개를 까닥이고 있던 제현이 두 눈을 크게 떴다.

"왜 나야? 유찬이 형이지."

"응, 너야."

"으엥?"

이건 좀 억울한데.

제현이 작게 중얼거리며 두 눈을 끔뻑였다. 그런 멤버들을 보고 있던 메인작가가 흐뭇한 미소를 지으며 PD와 대화를 나눴다.

"얘들 붙여놓으면 스토리 잘 나올 거 같지 않아요?"

"팬들이 좋아할 만하네."

"실력도 괜찮고."

그 밖에도 개인기 얘기까지 다양하게 오고 간다.

'오늘은 별 질문이 없네.'

송준희 매니저는 턱을 괸 채 긴장을 풀었다. 예능 사전 미팅 때 민감한 질문들까지 거침없이 던지는 프로그램이 워낙 많아서였다. 방송 중에 안 던진다면 그나마 다행이지만, 이런 자리에서는 편집해 주겠다는 명목으로 날카로운 질문도 퍽 많이 던지곤 했다.

'걱정했던 것치곤 괜찮구만.'

사실 유명했던 방송인 만큼 잡음도 가끔 있었다. 신인 아이돌의 경우에는 시청률을 올리기 위해 무리한 편집을 진행했던 적도 있었으니까.

유명세가 어느 정도 있다고는 하지만, 1년 차 팬덤이니만큼 결속력은 덜할 수밖에 없다. 별다른 질문이 없다면 안심이다.

송준희 매니저가 팔짱을 풀며 고개를 끄덕이던 순간, 서브 작가 하나가 입을 열었다.

"아, 마지막으로. 이번 신곡 나왔잖아요."

"네, 맞아요!"

"브레이크 다운! 예에에!"

도영과 유찬이 분위기를 띄우며 서브 작가의 말을 들었다.

"이번 신곡도 엄청 성적이 좋잖아요."

"아, 아니에요! 감사합니다!"

칭찬해 주는 듯한 훈훈한 분위기.

반사적으로 미소를 지으며 앉아 있던 상준은 불쾌한 기분을 느꼈다. 이유를 구체적으로 형용할 수 없지만 뭔가 싸한 기분.

「절대자의 감각」.

상준의 재능이 불편함을 감지하자마자, 정말 불편한 소리가 작가의 입에서 흘러나왔다.

"그런데 2위, 너무 아쉽지 않아요?"

"아."

아쉽지 않다는 건 거짓말이다. 그렇다고 해서 좌절하고 있던 것도 아니었지만 잊고 있던 와중에 갑자기 그 얘기를 들으니 멤버들은 당황한 기색이었다.

건수를 잡은 다른 서브 작가가 생글거리며 말을 이었다.

표정은 웃고 있지만 눈은 절대 웃고 있지 않다. 저 사악한 꼼수에서 빨리 벗어나야 하는데.

"크리피타운이랑 만나본 적 있어요?"

"어떤 사이예요?"

"그 팀에게 하고 싶은 말 있어요?"

굳이 이런 공개적인 자리에서 이런 걸 캐묻는다니.

상준은 속으로 인상을 꽉 찡그리며 생글거리는 인간들을 빤히 바라보았다. 「무대의 포커페이스」 덕에 속내는 티 나지 않겠지만, 솔직히 말해서 언짢았다.

'굳이 이렇게 직접적으로?'

보다 못한 송준희 매니저가 웃으면서 다가왔다.

"그쯤 하실까요?"

분명 웃고는 있는데 묵직한 한마디다.

"아, 네……!"

그제야 나불대던 주둥아리들이 조용해진다. 송준희 매니저는 나직이 헛기침을 하더니 원래의 표정으로 돌아갔다. 괜히 제작진들한테 밉보일 필요는 없지만 이런 건 빨리빨리 커트해 줘야 한다.

"……"

상준과는 달리 쉽게 흔들리는 친구들은 표정에서 다 드러나니까. 특히 도영은 그답지 않게 완전히 멍한 눈빛이었다.

'크리피타운……'

악감정은 없다. 굳이 기분이 나쁠 이유도 없고.

순위가 집계되었을 뿐 그들이 잘못한 것은 하나도 없으니까.

분명 스스로도 그렇게 생각하는데…….

'불쾌해.'

상준은 아까부터 감도는 이 불쾌함이 자꾸만 마음에 걸렸다.

"사전 미팅 수고하셨습니다!"

"추가적으로 전화드릴 수 있으니까 잘 부탁드립니다!"

마무리가 영 그랬지만 밝게 인사를 걸어오는 제작진들에게 고개를 숙인다.

"애들아, 밖에서 잠깐 기다리고 있어."

별일 없다며 다시 미팅실에 들어간 송준희 매니저가 대화하는 소리가 어렴풋이 들려온다. 대수롭지 않은 척 멤버들에겐 말했지만 분명 부탁 내지 주의를 주고 있을 게 뻔했다.

'잘 봐주십쇼'라는 거려나.

상준은 턱을 천천히 쓸며 선우를 돌아보았다.

"나 아까 표정 관리 괜찮았지?"

"어, 잘하더라."

카메라가 못내 마음에 걸렸는지 물어오는 선우다.

그런 선우의 말에 웃으며 대답하던 상준은 이내 표정을 굳혔다.

"하."

왜 이렇게 찜찜하지?

＊　　　　　＊　　　　　＊

며칠 뒤, 크리피타운을 실제로 만나게 된 건 음악방송 대기실에서였다.

"DREAM THE TOP! 안녕하세요, 탑보이즈입니다!"

데뷔한 지 1년 반이 된 탑보이즈는 이 바닥에서 쌩신인이나 다름없었다. 함께 음악방송 스케줄이 잡힌 대부분의 연예인들이 선배다 보니 대기실을 찾아가기 바빴다.

"후, 진짜 힘드네."

"그러게."

상준은 거친 숨을 내쉬며 긴장한 기색을 내비쳤다. 그저 대수롭지 않게 인사만 하고 오면 된다지만 말처럼 쉽지가 않다. 순항하고 있는 탑보이즈에게 은근히 눈치를 주는 선배들도 많았고, 그중에 몇은 자격지심을 대놓고 내비치기도 했다.

"눈빛 장난 아니던데."

도영은 나직이 중얼거리며 말을 뱉었다. 방금은 세이원의 대기실에 들렀다가 오는 길이었다. 이제 마지막으로 남은 건…….

대기실 앞의 팀명을 확인한 상준은 침을 꿀꺽 삼켰다.

크리피타운.

만나기 껄끄러울 것까지는 없었지만 「금주의 아이돌」 사전 미팅에서 하도 시달렸다 보니 불편했다. 아니, 불편한 이유가 그거 때문인 게 맞을까.

'이상하단 말이지.'

상준은 속으로 중얼거리며 천천히 문고리를 돌렸다.

"DREAM THE TOP! 안녕하세요, 탑보이즈입니다!"

문을 열어젖히자마자 약간 나이가 있어 보이는 아이돌이 단체로 나왔다. 이름만 들었지 얼굴도 TV에서 제대로 본 기억이 없는 낯선 얼굴들이다.

'되게 늦게 떴나?'

갓 데뷔한 탑보이즈와는 달리 연륜이 있어 보이는 페이스.

그런데 하는 행동에서는 그 연륜이 느껴지질 않았다.

"어… 어. 왔어요?"

이런 인사를 자주 받아보지 못했다는 듯이 대놓고 우왕좌왕이다. 도영은 특유의 생글대는 미소를 지으며 고개를 숙였다.

"앨범 잘 듣고 있습니다."

역시 사회성 만렙이다. 절대 들을 생각 없다며 잔뜩 삐져 있던 도영이 떠올랐다.

'1등… 하고 싶단 말이야!'

어려서 그러려니 생각했는데 막상 앞에서는 표정 관리도 잘한다. 선우는 부드럽게 미소를 지으며 리더답게 이야기를 끌어갔다.

"이번에 엄청 대박 나셨던데요."

"아."

머리에 두건을 쓴 남자가 당황한 기색으로 두 눈을 끔뻑였다.

"하하……."

뭔가 꺼내선 안 되는 이야기를 꺼낸 건가.

아니, 그럴 리가 없다. 애당초 칭찬인데 굳이 저렇게 불편해할 이유가 없으니. 상준은 어색하게 웃으며 말을 얹었다.

"축하드립니다."

"아, 예."

티 나게 흔들리는 동공. 축하받았으면 감사하다며 얘기라도 받아쳐 주는 게 정상인데.

'뭐지?'

이유는 모르겠지만 단체로 패닉상태가 온 표정이다.

갑자기 굳어진 얼굴들에 유찬은 조용히 눈치를 살폈다.

'이상하단 말이야.'

마치 탑보이즈를 경계하는 듯한 시선. 1위인 그들이 굳이 견

제할 필요도 없을 텐데.

「절대자의 감각」.

상준의 재능은 다시 한번 불편함을 감지했다.

'뭔가 잘못됐어.'

한 가지는 확실했다.

무언가 제대로 잘못 돌아가고 있다는 것.

*   *   *

뮤직월드의 음악방송을 끝내고 돌아온 탑보이즈.

모니터링까지 깔끔히 끝내고 사전녹화도 몇 번 만에 바로 오케이를 받았지만 멤버들의 표정은 굳어 있었다.

단순히 1등을 못 해서, 가 아니었다.

한참을 망설이던 도영이 나직이 말을 뱉었다.

"지인짜… 내가 고민해 봤거든."

나머지 네 명의 눈길이 동시에 도영에게 쏠렸다. 도영은 한숨을 뱉으며 조심스레 말했다.

"내 입으로 말하기도 참 찌질해 보이는 얘기라서. 나도 이 말 꺼내기가 너무 자존심이 상하는데……."

아마 도영의 생각이 다른 멤버들과 같지 않을까.

도영은 인상을 찡그리며 말했다.

"뭔가 이상하지 않아?"

1등인데 저렇게 굳어 있고 경계하는 그룹이라.

아까 크리피타운의 대기실에 들어갔을 때 상준 역시 그 묘한 분위기를 감지했다.

음원 성적을 즐기는 것이 아니라 도리어 불안해하고 경계하고 있다.

"크리피타운이 누구지?'

이름조차 생소했다.

"으음."

열심히 스크롤을 내리고 있던 제현이 줄줄이 읊기 시작했다.

"데뷔한 지는 5년 차, 앨범은 정규앨범 3집까지 냈고. 이번에는 싱글앨범으로 1등 한 거 같은데."

대충 뒤적이던 제현은 인상을 찌푸렸다.

"중간에 한 2년 쉬었나 봐. 성적이 그닥… 이라?"

"근데 이번엔 어떻게 1위를 했는데?"

유찬은 속에 담아두고 있던 얘기를 뱉어냈다.

결과에 승복하지 않는 것처럼 받아들여질까 봐 의문만 가지고 있던 얘기를 속 시원하게 던진 유찬이다.

"그게……. SNS 마케팅?"

말로는 SNS 마케팅이란다.

"아. 이게 지난번 앨범의 수록곡이었구나."

그냥 같은 날 발매했던 싱글인 줄 알았는데 비하인드 스토리가 있었다. 정규앨범 3집의 수록곡을 리메이크를 해서 다시 발매한 건데…….

"이 곡이 역주행을 해서 싱글 성적이 좋았대."

"그래?"

"라고… 기사만 떴어."

제현은 막대 사탕을 주머니에서 꺼내어 입에 물었다.

기사를 찾아보고 나니 어째 단 게 당긴다.

"뭐, 그럴 수 있는 일이긴 한데."

탑보이즈도 인지도가 적을 때 「원형석의 뮤직 스튜디오」로 역주행을 했던 경험이 있었다. 그때도 은연중에 사재기 소리가 몇 번 나온 적은 있었지만, 그래프가 너무 정직하게 올라갔던 터라 그런 얘기들은 금방 묻혔다.

그런데.

"난리 났는데?"

이번에는 아니었다.

「크리피타운 '사재기' 논란? 과연 사실인가?」
「탑보이즈 vs 크리피타운 이번 음원차트 동향은?」

"굳이 묶어서 까네."

이미 사재기 이슈 자체로도 터져 버린 기사들인데 거기다가 탑보이즈의 이름을 거론하다니. 유찬은 인상을 찌푸리면서도 댓글을 열심히 읽었다. 탑보이즈의 팬들로 추정되는 댓글이 벌써 많아 보였다.

—응 주작
└ㅋㅋㅋㅋㅋㅋㅋㅋㅋㅋㅋㅋㅋ단호하네
└나도 사재기라고 생각함
└ㄹㅇ 이게 머람
└솔직히 저렇게 듣보잡 가수가 갑자기 1위 하는 게 말이 됨?

진짜 어이가 없는데:

└탑보이즈는 뭐 유명하냐?

└너만 모르는 듯? 방구석에 처박혀 있지? 눈물 흘리지 말고 얘
기해 봐

└차단된 댓글입니다

└차단된 댓글입니다

"대체 뭔 얘기들을 하고 있는 거야."

여론은 완전 난장판이 됐다.

송준희 매니저는 한숨을 내쉬며 멤버들에게 다가왔다.

"손."

"…저희, 개였어요?"

"그거 말고. 휴대폰 내놔."

"아, 왜요."

도영은 억울하다는 듯 투덜거렸지만 이번만큼은 단호했다. 송
준희 매니저는 차례로 멤버들의 휴대전화를 걷어 갔다. 평상시
에 워낙 기사 댓글들을 챙겨 보는 탑보이즈가 걱정되어서였다.

"괜히 이름이 끼는 바람에 좀 불붙을 거 같으니까, 너네는 그
냥 가만히 있으면 돼."

이미 JS 엔터 측에서도 불타는 여론의 추세를 감지한 모양이
었다. 조승현 실장에게 얘기를 전해 들었는지 송준희 매니저가
진지한 얼굴로 말을 뱉었다.

"너희 내일 금주의 아이돌 촬영 있지?"

"네. 그렇죠."

지난번의 노골적인 질문들을 떠올려 보니 몹시 불안하다. 소 잃고 외양간 고칠 바에야 지금 확실히 주의를 주는 게 낫다는 생각에, 송준희 매니저는 몇 번이고 같은 말을 반복했다.

"절대. 저얼대."

"네, 알았어요."

"물어도 표정 관리 잘해야 돼. 진짜 걱정되어서 그런다."

"네에!"

마냥 해맑아 보이는 탑보이즈를 바라보며, 송준희 매니저는 불안한 표정을 감추지 못했다.

*   *   *

"네, 오늘의 게스트! 탑보이즈!"

"와아아아!'

"안녕하세요, 탑보이즈입니다!"

그럼에도 「금주의 아이돌」 촬영 날은 다가왔다. 선우는 공식 인사를 선보이고선 부드러운 미소를 지었다. 딱 봐도 리더답게 멤버들을 자리에 앉히는 선우다.

"아주 요즘 핫한 친구들이에요."

「금주의 아이돌」의 사회를 맡고 있는 최영수가 입을 열었다.

그 옆에 앉은 강혜리가 웃으며 고개를 끄덕였다.

"알죠. 이번에 신곡으로도 컴백했잖아요."

"네, 맞습니다!"

"와, 들어보셨어요?"

도영이 두 눈을 반짝이며 물어오자 강혜리가 능청스레 받아쳤다.

"아, 바빠서요."

"흐윽, 너무하시네요."

패널들의 기를 쏙 빼놓기로 유명한 최영수와 강혜리의 입담이다. 그 와중에도 멤버들은 제법 정신 줄을 잡아가며 착실하게 대답하고 있었다.

"유찬 씨, 오랜만에 까마귀 좀 보여주세요. 여기저기서 많이 보여주셨던데."

"아아, 그거요?"

유찬은 손사래를 치며 고개를 저었다.

"그거 너무 많이 써먹어서요."

"아, 그랬나?"

"맞지."

도영은 유찬의 말에 동감하며 눈짓을 보냈다. 그렇지 않아도 어제부터 새로운 개인기를 준비한다고 바빴던 그였다.

오늘은 그 개인기를 보여줄 때.

"매미 성대모사인데."

"오오, 매미. 이거 신박하네요."

강혜리는 궁금하다는 듯 유찬을 돌아보았다.

하지만.

'아, 이거 아닌데.'

어제 우연히 유찬의 개인기를 들었던 상준으로서는…….

"매애애애앰!"

아, 진짜 말리고 싶었다.

"매애애!"

"넥 슬라이스."

유찬에게서 좋은 걸 배운 제현이 다급히 그를 제지했다.

"으어억. 왜! 잘하고 있었는데."

"…아니에요."

오늘도 단호한 제현은 확실하게 그 개인기는 별로라고 짚어주었다.

"너무하네."

"아, 멤버들끼리 되게 돈독하네요."

"맞아요. 저희 엄청 돈독해서 카메라 없으면 잘 싸워요."

"세상에나."

나름 문제없이 흘러가는 토크다. 그래도 송준희 매니저는 긴장을 놓지 않으며 「금주의 아이돌」 PD의 눈빛을 살폈다.

'저 사람, 눈이 이상해요.'

그때 도영의 프로처럼 확실히 짚어줬으면 좋았겠지만 오늘의 상준은 별다른 말이 없었다. 고로, 유심히 지켜볼 수밖에.

"자, 그러면 2배속 댄스 보여줄 수 있어요?"

"물론이죠."

"저희가 또 열심히 준비했습니다!"

마지막으로 준비했던 2배속 댄스 개인기.

"이거 성공하면 치킨 드린대요."

"와아아악!"

"다들 알지?"

치킨까지 걸려 있다는 말에 이미 파이팅은 성층권을 뛰어넘었다.

기억을 되돌려
어디서부터 잘못된 걸까
천천히 어둠 속을 따라가

김광현 안무가와 연습했던 대로 흐트러짐 없이 무대를 선보인다.
"와."
"이건 진짜 개인기인데?"
보통은 멤버들이 당황하는 모습을 보려고 시키는 개인기인데…….
얼마나 열심히 연습했는지 감탄이 나올 지경이다. 2배속 댄스
에서도 전혀 흔들리지 않는 완벽한 동선과 안무에, 강혜리는 탄
성을 터뜨렸다.

BREAK DOWN
그 잔해 속을 헤쳐 나와
아무것도 남지 않은
탑을 다시 한번 그려

"와아아아!"
"진짜 멋지네요."
"감사합니다!"
걱정했던 것과는 달리 마지막까지 훈훈하다.
"허억… 헉."

2배속 댄스를 마치자마자 헐떡이며 제자리로 돌아오는 멤버들. 강혜리는 대본을 슬쩍 보고선 당황했다.

'어서 진행해요.'

그녀의 동공이 빠르게 흔들리자 PD가 눈짓을 보냈다.

"와, 2배속 댄스에서도 실수 하나 없이 끝냈는데."

"넵."

"진짜 잘하더라고요. 그런데……."

그런데?

강혜리가 망설이는 사이 최영수가 입을 열었다.

부드럽게 생글거리는 표정으로.

'뭔가 데자뷔 같은데.'

그때 그 서브 작가들과 다를 바가 없는 표정이다. 불안함을 직감한 상준의 심장이 덜컥 내려앉았다.

"이렇게 열심히 준비했는데 2등 한 거 조금 아쉬울 거 같아요."

"아, 아니에요."

2등이 뭐 동네북도 아니고. 거참 많이들 건드린다.

원래는 이렇게 집요하게 물어올 이유가 없음에도.

"크리피타운 사재기 이슈 떴던데."

기자들이 좋아할 만한 먹잇감이 있다면 이야기는 달라진다.

최영수의 눈빛이 음흉하게 번뜩였다.

"탑보이즈는 어떻게 생각해요?"

*　　　*　　　*

방송이 나가고 JS 엔터는 벌컥 뒤집혔다.

「탑보이즈, 사재기 논란에 쓴웃음 보여」
「크리피타운의 사재기 논란은 진짜인가?」

—와 절대 아니라고는 말 안 하네 ㅋㅋㅋㅋ
└아니, 왜 타 그룹이 실력으로 안 올랐다고 생각하는 거임?
└크리피타운 사재기할 애들 아님 ㅠㅠ 얼마나 착실하게 여기까지 올라왔는 줄 알아?
└진짜 개노답이다 ㅋㅋㅋㅋ
└그래도 선배인데 표정 저러는 거 봐라;;
—내가 봤을 땐 그거임. 탑보이즈도 자기네가 1위 했을 거라 생각했던 거 아닐까? 일단 중립 박고 사재기인지 아닌지 지켜보면 되는 거 아님?
└중립 박자면서 은근슬쩍 우리 애들 까네 ㅋㅋㅋ
└뭐래 먼저 깐 쪽은 너네 아님?

"후."
조승현 실장은 분노하며 휴대전화를 들었다.
"방송을 그렇게 내보내시면……."
PD에게 직접 연락해서 깽판이라도 치고 싶은 심정이지만 다행히 침착한 목소리가 나온다. 그래 봤자 저쪽에선 모르쇠로 일관하고 있었지만.
—저희는 그냥 카메라에 담긴 대로 내보냈을 뿐인데요?

뚝.

조승현 실장은 머리를 싸매며 전화를 끊었다. 예상했던 것보다 훨씬 일이 커진 상황이었다. 2팀장 준석이 인상을 찌푸리며 조 실장에게 물었다.

"찾아보니까 그쪽도 은근 언더에선 인기가 많았던 거 같은데……."

결론은 사재기 반, 아니다 반인 상황이다.

나름의 코어 팬들이 있었던 모양인지 팬카페까지 테러가 들어오고 있었다.

─여기가 탑보이즈 팬카페임?

└쟤네 단체 차단 좀 해주세요

└너네 아이돌만 소중함? 왜 광역 딜로 까고선 난리야?

└뭐래

└야 싸우지들 좀 말라고!

└제발 그만 좀 일 키워;;

이미 일은 커질 대로 커졌다.

조승현 실장은 걱정스러운 맘에 송준희 매니저에게 전화를 걸었다.

대체 오늘 하루 동안 전화를 걸어야 할 이들이 왜 이리 많은 건지.

"절대 휴대전화 못 보게 해. 그냥 싸그리 다 뺏어버려."

─아, 네. 그렇게 하겠습니다.

수화기 너머로 들려오는 송준희 매니저의 목소리가 처져 있다. 반응을 보아하니 이미 늦은 거 같다.

"애들… 다 들었을 건데."

유찬의 표정이 클로즈업되는 바람에 유난히 욕을 배로 먹고 있었다. 애당초 그런 의미로 표정이 굳은 것도 아니라, 난처한 질문에 당황했을 뿐인데도 자극적인 헤드라인을 뽑아내는 기자들이 너무 많았다.

급히 홍보 팀에 연락을 취해봤지만 이미 퍼질 대로 퍼졌다.

조승현 실장은 한숨을 내쉬며 준석에게 물었다.

"덮을 만한 건 없지?"

"그렇죠……."

준석도 고개를 푹 숙이며 말했다. 사실 이렇게 된 상황에서는 그냥 논란이 잠잠해지길 기다리거나…….

"그쪽이 정말 사재기면… 해결될 건데."

준석은 어두운 표정으로 작게 중얼거렸다. 조승현 실장은 애타는 심정으로 휴대전화를 다시 움켜쥐었다.

띠리링.

어디론가 다시 전화를 거는 조승현 실장.

"거기, 사재기 맞는 거 같은지. 한 번 알아봐 봐."

가만히 앉아서 논란이 수그러들길 기다리느니.

이게 더 빠를 것 같았다.

*　　　*　　　*

"후, 난 쓰레기야."

"아니, 갑자기 왜 자책을."

"모르겠다, 나도."

갑작스러운 물음에 당황한 나머지 잠시 표정을 굳힌 것이 도배되어 난리가 났다. 유찬은 스스로를 자책하며 줄곧 시무룩해 있었다.

그런 유찬의 마음을 누구보다 잘 아는 도영이다.

"됐어."

도영의 건으로도 알았지만 이 바닥은 표정 관리가 너무 중요하다.

조금이라도 빈틈이 보이면 물어뜯으려 하는 이들이 천지니. 높은 탑으로 올라가면 올라갈수록 떨어뜨리려 하는 사람들이 늘어난다는 것을, 새삼 깨닫게 된 탑보이즈다.

아무도 넘볼 수 없을 정도의 높이의 탑에 서거나.

조금의 빈틈도 허용하지 않는 것만이 이런 논란을 피해 갈 방법이겠지.

"형, 괜찮겠지?"

제현이 걱정스러운 눈길로 상준에게 물었다.

평상시라면 태연하게 막대 사탕을 물고 있을 녀석이 저렇게 물어오는 걸 보니 정말 걱정되긴 했던 모양이다.

하지만, 오직 상준만은 비교적 평안했다.

"후우."

"뭐 해?"

"명상."

상준은 두 눈을 감은 채 깊은 숨을 들이쉬었다. 다들 걱정하고 있는 이 상황에서도 그다지 걱정이 되지 않았다.

「절대자의 감각」.

이참에 재능 체화에나 힘을 써보자 하는 생각으로 명상에 빠져 있던 상준이다. 감각을 최대치로 끌어올리고 나니 그때 느껴졌던 그 불쾌한 감각이 다시 온몸을 감싼다.

"걔네가 사재기한 거 같아?"

상준은 나직한 목소리로 유찬에게 물었다.

그 질문이라면 대답하기조차 조심스럽지만, 멤버들만 있는 공간이니 솔직히 말할 수 있다. 유찬은 대답 대신 천천히 고개를 끄덕였다.

"나도 그래."

"어?"

상준의 한마디에 유찬은 놀란 눈을 떴다.

"사재기, 한 거 같다고."

*   *   *

그리고 그날 저녁.

"이게 뭐야?"

하루 종일 탑보이즈를 살 떨리게 만들었던 기사의 헤드라인은 사뭇 달라져 있었다.

"형, 형 이거 봐봐!"

도영이 다급한 목소리로 상준을 불렀다. 때마침 TV에는 멤버들이 즐겨 보던 프로그램이 방영되고 있었다.

MBS의 시사 프로그램, '그치만 알고 싶다'에서 양복을 차려입은 사회자가 낯설지 않은 주제를 다루고 있었다.

─요즘 연예계에 사재기 이슈가 끊이질 않고 있죠? 얼마 전에 모

음원사이트에서 1위를 했던 아이돌 크리피타운. 사재기 이슈에 휩쓸리게 되었는데요.

"뭐야, 어떻게 된 거야."

유찬은 리모컨을 손에 꼭 쥐고선 침을 삼켰다. 크리피타운의 사재기 논란이 공중파에까지 대놓고 올라오다니.

"결과 나온 건가?"

단순한 찌라시로 방송을 하고 있지는 않을 테니 무슨 일이 터진 건데. 상준 역시 긴장한 기색으로 방송을 지켜보았다.

사재기 업체 인터뷰부터 시작해서 크리피타운의 그래프 추이.

각종 사재기 의심 사례들을 늘어놓는 방송을 보며, 굳어 있던 멤버들은 조금씩 두 눈을 끔뻑이기 시작했다.

"그러니까."

"…진짜 했나 보네."

아예 업체에 의뢰했던 기록부터 중국에서 십만여 대의 스트리밍을 돌린 사실까지 낱낱이 털리고 있었다.

─물론 1위는 모두가 오르고 싶어 합니다.

"……."

─그치만 말입니다. 이런 부정적인 방법으로…….

도영은 자리에서 튀어오르며 송준희 매니저에게 달려갔다.

"매니저님, 매니저님!"

멤버들이 걱정돼 이 시간까지 숙소에서 깜빡 잠이 들었던 송준희 매니저다.

"어… 어?"

갑작스러운 도영의 목소리에 자리에서 벌떡 일어난 송준희 매니저는 주머니에서 휴대전화를 꺼냈다. 이미 열 통이 넘는 전화가 와 있다.

"뭐야?"

"그게……."

두 눈을 반짝이는 도영에게서 사태가 잘 해결되었음을 직감한 송준희 매니저.

다시 뉴스 기사를 들어가 보니 아까와는 여론이 완전 바뀌어 있었다.

「크리피타운 사재기, '그치만 알고 싶다'에서 입증돼」

「JS 엔터 허위 사실 유포한 댓글 엄중히 조치할 것」

—오늘 난리 친 애들 한마디 해봐라 ㅋㅋㅋ

  ㄴ진짜 사재기 맞다니깐

  ㄴ이거 연예계에선 다들 알고 있었던 거 아니야?

  ㄴ킹리적 갓심

  ㄴ아니까 그렇게 표정이 안 좋았던 거네

  ㄴ이거 맞는 듯 ㅇㅇ

  ㄴ그저 빛… 그런 깊은 뜻이 있었구만

ㅡ탑보이즈가 얼마나 억울했을까 싶음

└ㄹㅇ…

└아니, 사재기로 자기보다 위에 있으니 표정이 굳지, 거기서
안 굳으면 그냥 보살 아니냐?

└내가 봤을 땐 그냥 질문에 당황해서 그런 거 같은데… 다들
의미 부여 너무하네

└내가 봐도 이건데 단체로 물어뜯더라 ㅠㅠ

└우리 애들만 죽어나지… ㅠㅠㅠㅠ

"후."

다행이라는 소리밖에 안 나왔다. 그중에 몇 명은 헛짚고 있었
지만 대부분 탑보이즈에게 나쁘지 않은 오해니까.

누구는 아예 사재기를 감지하고 그런 거 아니냐는 소리까지 했다.

'우리가 무슨 탐지견이야?'

물론 그걸 정말 믿는 팬들이 있었다. 도영은 눈에 띄는 댓글
들을 몇 개 읽어주며 풀 죽어 있던 유찬을 깨웠다.

"우리더러 정의와 싸우는 탑보이즈래."

"와, 진짜 꿈보다 해몽이다."

쿨럭.

좋은 게 좋은 거라고 긍정적으로 받아들이려고 했더만, 저 말
도 맞다.

유찬의 팩트 폭력에 상준은 헛기침을 했다.

그 순간.

「절대자의 감각」.

며칠 동안 감각을 끌어올리는 연습을 하고 있었던 상준은 팍하고 긴장이 풀리는 걸 느꼈다. 평상시에도 예민한 감각을 유지하고 있자니 여간 힘든 게 아니었지만.

그에 보답이라도 하듯. 반가운 글귀가 상준의 머리 위로 떠올랐다.

[3,489번째 재능 '절대자의 감각'을 체화하셨습니다.]

'오랜만이네.'

벌써 아홉 번째 재능 체화다.

"일도 잘 해결되었는데 너네 요새 당기는 거 없어?"

"치킨이요!"

"햄버거!"

"…몸에 좋은 건?"

송준희 매니저는 멤버들의 의견을 접수하며 고개를 갸우뚱해 보였다.

"몸에 좋으면 맛 없어요."

"너, 그러다 이빨 썩는다."

"제가 들었는데 인간은 이래요."

"그새 많이 똑똑해졌네……."

송준희 매니저는 막대 사탕을 물고 있는 제현과 대화를 나누며 흐뭇한 미소를 지었다.

"후."

상준 역시 한결 개운해진 기분으로 멤버들을 돌아보았다. 또 엄청 마음고생을 하긴 했지만 그럭저럭 잘 해결되었으니 얼마나 다행인가.

하지만, 한편으로는 씁쓸한 마음도 들었다.

상준은 나직한 목소리로 천천히 입을 뗐다.

"다들 보고 싶은 대로만 보더라고."

"…맞지."

아직은 1년 차 신인이기 때문에, 탑보이즈가 단기간 이렇게 뜬 이유는 사실상 대중 픽에 가까웠다. 그래서 이렇게 치여도 무방비로 당할 수밖에 없던 것이었다.

이런 논란에 휘말릴 때마다 단체로 들고일어나 줄 그런 팬들이 더 많다면, 애당초 이렇게 힘을 쓰지 않아도 되었을까.

"이리 치이고 저리 치이면 서럽잖아."

상준은 흐릿한 미소를 지으며 입을 열었다.

상준의 말에 누구보다 동감하는 멤버들. 유찬의 눈빛을 보니 상준과 같은 생각을 하고 있는 거 같았다.

"그러니까 아무도 쉽게 건드릴 수 없는……."

"……."

"그런 톱스타가 되자."

왠지 그럴 날이, 머지않을 것만 같았다.

*　　　　　*　　　　　*

그렇게 잠시 숨을 돌린 것도 잠시.

"자, 애들아, 모여보자."

다음 날, 송준희 매니저는 묵직한 서류를 들고 멤버들을 찾아왔다. 술술 쏟아내는 송준희 매니저의 말을 듣던 멤버들은 이내 흐린 눈을 떴다.

"이… 이게 다 스케줄이라고요?"

"그래."

송준희 매니저의 스케줄 브리핑을 들으며 멤버들은 기겁했다.

"9월이라서 대학 축제 라인업 슬슬 뜨고 있고."

"축제에……."

"너네 보이는 라디오에… 아, 여기 예능도 있다."

"아하하……."

"자, 그다음엔……."

살… 살려주세요.

빠르게 흔들리는 멤버들의 동공을 바라보며, 송준희 매니저가 확신에 찬 말을 던졌다.

"바쁜 게 좋은 거라고, 알지?"

"알… 알죠."

"나도 아는데."

송준희 매니저는 짧은 한숨을 내쉬며 작게 속삭였다.

"나도 집 가고 싶다, 얘들아."

논란이 일고 나서 꼬박 탑보이즈 숙소에서 밤을 새웠던 송준희 매니저. 그의 말에서 고단함을 눈치챈 도영이 일부러 텐션을 올렸다.

"다들… 파이팅해 봅시다!"

"와아아악!"

"탑보이즈 파이팅!"

일부러 제자리에서 폴짝 뛰는 멤버들을 돌아보며, 송준희 매니저는 기분 좋은 미소를 지었다.

"그래, 파이팅하자."

논란을 딛고 일어서서.

이제는 겨우 시작일 뿐이니까.

*　　　*　　　*

"와아아아악!"

"이쪽 봐주세요!"

"이쪽!"

오늘도 어김없이 스케줄로 바쁜 날이다. 음악방송 직전에 야외 팬 미팅까지 잡혀 있던 터라 멤버들의 발걸음이 한층 빨라졌다. 상준은 마이크를 손에 쥔 채 한 걸음 뒤로 물러섰다.

"안녕하세요, 여러분!"

"와아아아!"

논란이 해결된 이후여서인지 멤버들을 바라보는 팬들의 시선이 애틋하기까지 하다. 벌써 두 번째로 벌어진 방송 논란이다. 그 과정에서 멤버들의 잘못이 하나도 없었음에도 팬들에게는 마냥 미안하기만 했다.

자신이 좋아하는 연예인이 구설수에 오른 상황에서 끝까지 믿고 따라와 준다는 게 결코 쉬운 일이 아니니까.

'다들 엄청 마음 졸였겠지.'

미안한 마음 반, 감사한 마음 반이다. 상준은 미소를 지으며 팬들에게 손을 흔들었다. 정식 팬 미팅도 아니고 잠깐 준비한 야외 팬 미팅일 뿐인데도 많은 팬들이 자리를 찾았다.

"저희 오늘 여러분 보러 왔는데요."

"꺄아아아!"

야외 팬 미팅임에도 팬들의 열정이 사그라들질 않는다. 사방
에서 쏟아지는 함성 소리에 피식 웃은 유찬이 말을 이었다.

"라이브로 노래 들려 드릴까요?"

"좋아요오오!"

음악방송 전에 잠시 시간을 비운 터라 오랫동안 있지는 못한다.
간단히 몇 곡만 라이브로 부르고 팬들과 대화를 나눌 생각이
었다.

"무슨 노래 듣고 싶어요?"

"에펠이요!"

"돈 스탑이요!"

"그냥… 처음부터 다?"

"그건 너무 양심이 없는데."

도영이 두 눈을 끔뻑이자 팬들이 꺄르르 웃어댔다. 타이틀곡
은 자주 들어서인지 은근히 수록곡 요청이 많다. 혹은 유명한
팝송이라거나.

"팝송이요? 히즈 곤 부를까요?"

"아… 아니, 그런 거 말고요."

예전엔 좋아했으면서 너무하다.

상준은 헛기침을 하며 손사래를 쳤다.

"그럼 수록곡부터 부를게요."

오직 이 자리에 있는 팬들을 위한 무대다. 상준은 마이크를

잡은 채 무반주로 팬들을 위한 노래를 불렀다.

I'm calling you
넌 어디에 있니
보이지도 않는 널
닿지 않는 널
나는 그리고 있어

첫 번째 곡으로는 '그리고 있어'의 한 소절을 부르고.

손만 뻗으면 닿을 거 같은데
닿으면 깨어질 것만 같아

그다음으로 이번 앨범의 활동곡을 짧게 불러본다. 상준이 메인 멜로디를 읊자마자 자연스레 화음을 얹는 멤버들. 무반주인데도 놀라울 만치 정확한 음정이다.

"진짜 실력은 장난 아니다."

"야, 왜 안 보이냐."

"저쪽 못 가잖아. 사람 장난 아니네."

저 멀리에서 다른 가수들을 보러 온 팬들도 고개를 기웃거리며 노래를 듣고 있다. 지나가는 사람들도 멈추게 만들 만한 노래 실력. 자리에 서 있던 온탑들의 함성이 점차 커졌다.

"야외에서 부르려니까 진짜 어색하네요."

상준은 웃음을 터뜨리며 팬들을 위한 멘트를 읊었다.

"이렇게 많은 분들이 이른 시간에 찾아와 주셔서 너무 감사하고."

"맞습니다!"

"오늘 방송도 진짜 잘할 테니까 봐주세요."

"꺄아아아아!"

자주 활동을 뛰다 보면 익숙한 얼굴들을 자주 만난다. 상준은 팬들의 얼굴을 한 명씩 익히기 위해 천천히 고개를 돌렸다.

대부분 자주 본 얼굴들이긴 한데……

그 순간, 상준의 시선이 가장 끝 쪽에 서 있는 한 여자에게로 향했다. 짙은 회색의 후드티를 머리까지 눌러쓴 사람. 분명 팬미팅 자리가 맞는데 이곳까지 찾아온 사람치곤 살짝 굳어 보이는 얼굴이다.

'처음 보는 거 같은데.'

아까부터 이쪽만 빤히 바라보고 있다. 멤버들을 빠짐없이 훑겠다는 듯 노골적인 시선. 일반적인 팬들이 감격에 찬 시선으로 바라보는 것과는 묘하게 다른 기분이 든다.

'그냥 팬인가?'

「절대자의 감각」.

하여간 재능을 체화한 뒤로는 별일에 다 신경이 쏠린다.

"다음에 진짜 자리 마련해서 또 팬 미팅 해요!"

"꺄아아아!"

"그럼 저희 들어갈게요!"

끝까지 그 자리에 서서 가만히 지켜보고 있는 여자를 돌아보며.

상준은 빠르게 방송국으로 걸음을 내디뎠다.

"긴장된다."

오늘은 사전녹화로 촬영을 하는 날이었다. 뭘 해도 뮤직월드
의 MC 자리보다야 덜 떨리겠지만 안무가 워낙 빡세다 보니 이
번 앨범은 모든 무대가 벼랑 끝처럼 느껴졌다.

"실수하지 말고, 파이팅!"

팬들과의 야외 팬 미팅을 마치고 무대 위에 다시 선 탑보이즈
멤버들.

"자, 이제 들어갈게요!"

카랑카랑한 막내 피디의 목소리와 함께 'BREAK DOWN'의
전주가 흘러나왔다.

기억을 되돌려
어디서부터 잘못된 걸까
천천히 어둠 속을 따라가

긴장했던 모습은 어디로 가고 다들 제법 잘 소화해 낸다. 숨
이 턱밑까지 차오를 정도로 격한 안무긴 하지만, 흠 잡을 데 없
이 완벽하게 보여준다. 그런 멤버들을 지켜보고 있던 송준희 매
니저는 속으로 중얼거렸다.

'이대로 가면 원테이크로 끝나려나?'

사실 사전녹화에서 한 번으로 촬영이 끝나는 경우는 많지 않
았다. 여러 번 촬영 끝에 가장 괜찮은 그림으로 방송에 나간다.

그게 사전녹화의 이점이니까. 하지만, 이 추세라면 굳이 더 찍을 필요도 없을 거 같았다.

벌써 다섯 번째 무대다 보니 막힘없이 무대 위를 누비는 탑보이즈다.

BREAK DOWN
그 잔해 속을 헤쳐 나와
아무것도 남지 않은
탑을 다시 한번 그려

그렇게 무난히 1절이 끝나갈 무렵.
"무엇이 진실일⋯⋯."
두두둥.
"어?"
멀쩡하던 음악이 갑자기 빨라지기 시작한다.
'어떻게 된 거야?'
음향에 실수가 있었는지 갑자기 2배속이 되어버린 무대.
순간, 상준의 머릿속엔 지난 연말 시상식 무대가 떠올랐다. 중간에 크게 음향사고가 나는 바람에 무반주로 소화해야 했던 연말 시상식 무대. 다행히 따라 불러준 팬들이 있어서 멘탈을 추스를 수 있었지만 지금은 그런 팬들도 없다.
'어떡하냐.'
잠시 당황하던 상준은 본능적으로 두 다리를 뻗었다.
다른 멤버들도 마찬가지였다. 그냥 촬영을 끝내고 다음 테이크로 들어가려던 카메라 감독은 당황한 기색으로 멈춰 섰다.

BREAK DOWN
그 잔해 속을 헤쳐 나와
아무것도 남지 않은
탑을 다시 한번 그려

어차피 재촬영을 해야 하니 그만 멈추라고.
사실 그렇게 말해도 되는데 입이 떨어지질 않았다.
"뭐야, 왜 잘해."
"이걸 왜 잘하지?"
카메라 감독은 열심히 탑보이즈의 무대를 카메라로 담았다. 2배 속 댄스라고는 믿기지 않을 정도로 멀쩡하게 카메라를 보며 미소 짓는다.

그 믿음조차 거짓이었던 걸까
I fall in failure

누가 시켜서가 아니라, 일단 본능적으로 그렇게 하고 있다.
무대가 잘못되었다고 해서 중간에 뛰쳐나갈 수는 없으니까.
그새 우왕좌왕하던 음향 감독은 다시 노래의 템포를 원래대로 돌렸다.
"아, 죄송합니다."
"……."

거듭 입모양으로 죄송하다며 여기저기 고개를 숙이면서도 시선은 탑보이즈를 향해 있다. 어차피 생방송이 아니라 크게 문제 될 것도 없긴 했지만.

"아니야. 차라리 잘됐는데?"

가만히 지켜보고 있던 송준희 매니저는 나직이 중얼거렸다.

무엇이 진실일까
I fall in failure
이제는 아무것도 볼 수 없어

"수고하셨습니다!"

음향사고 때문에 아쉬움이 남았던 첫 번째 무대가 끝나고.

"아이고, 미안하다. 다시 촬영 들어가야겠다."

"아니에요, 괜찮습니다!"

"모니터링 살짝 해볼래요?"

"네엡!"

지친 기색으로 내려온 멤버들은 물을 들이켜며 화면을 모니터링하기 시작했다. 실수투성이인 무대일 줄 알았는데…….

"이건 그냥 멀쩡한 무대를 배속 한 거 아니에요?"

"그러니까."

스태프들의 말에 고개를 끄덕일 정도의 무대가 뽑혔다.

카메라 감독은 너털웃음을 터뜨리며 말을 걸어왔다.

"이거 사실 그냥 배속만 늦춰서 방송 내보내도 될 거 같긴 한데. 다시 찍기도 아깝네."

"에이, 다시 찍으면 더 잘할 수 있습니다!"

"맞아요!"

도영은 파이팅 넘치는 목소리로 사기를 높였다. 그 사이, 한 걸음 뒤에 물러나 있던 송준희 매니저가 카메라 감독에게 다가섰다.

"아까 그 영상, 혹시 보내주실 수 있나요?"

"아까 영상이요? 애들 촬영한 거?"

"네넵."

2배속이라고는 믿기지 않았던 무대.

이걸 잘만 써먹으면 회복되고 있는 여론에 호재로 작용할 수도 있을 거 같았다.

그리고.

"대박……."

송준희 매니저의 예감은 현실이 됐다.

*   *   *

―그거 봄? 2배속 댄스 영상?

└아니, 금주의 아이돌에도 나오긴 했었는데 저렇게 잘하는 줄은 몰랐는데

└애당초 거기선 제대로 안 나오고 편집되어서 나왔잖음

└어휴 피디 쉑

└ㅇㅈㅇㅈ

└22222

―내 눈을 의심했네;;; 저거 진짜 2배속 맞아요?

└아니, 어떻게 저 상황에서 당황하지 않고 2배속으로 넘어갈 수가 있지? 생방송도 아니고 사녹이면 그냥 때려치우고 나왔을 법한데

└내 말이 ㅋㅋㅋㅋㅋ

└끝까지 열심히 하네 ㄹㅇ. 보면 볼수록 괜찮은 애들임

└이런 애들이 떠야지

└괜히 일찍부터 뜬 게 아님 ㅇㅇ

JS 엔터 측에서 살짝 흘렸던 영상은 벌써 100만 뷰를 뛰어넘고 있었다. 이만하면 제대로 성공이었다. 기존에 욕하던 사람들은 어디로 간 건지 보이지도 않았고, 원래부터 쌓아가고 있던 실력과 이미지는 한층 견고해졌다.

더욱이 이번 앨범 컨셉이 '성장'이니만큼 팬들의 관심이 그쪽에도 많이 쏠렸다. 신인다운 청량함보다는 실력을 강조한 화려한 퍼포먼스.

─나는 얘네가 블랙빈처럼 뜰 거라고 본다

└같은 소속사라서 서로 비교하기 뭣하긴 하지만 충분히 가능성 있다고 봄

└그래서 해외 진출 언제 함?

└한다던데 이번 앨범으로

└ㅠㅠ 너무 잘돼서 국내 안 오는 거 아니겠지? 아니라고 해줘 ㅠㅠ

└잘됐으면 좋겠지만 나만 알면 좋겠다는 묘한 기분

└ㄹㅇ 이거야!

해외 진출에 관한 사실은 JS 엔터에서 풀었는지 이미 기정사실화가 되어 있었다. 상준은 깊은 숨을 들이쉬며 휴대전화를 내려놓았다. 유찬이 그런 상준을 보며 의아하다는 듯 물어왔다.

"왜?"

"그냥 좀 떨리네."

기분 좋은 소식은 거기서 끝이 아니었다.

홍주형과 한새별은 JS 엔터에서 열심히 유닛으로 데뷔할 준비를 착착 해나가고 있었고.

탑보이즈는 마침내 1등을 했다.

사재기 논란으로 난리가 난 크리피타운이 음원차트에서 사라져 버린 뒤 원래의 자리를 찾은 탑보이즈다.

"뭐가 그렇게 떨린대."

조승현 실장은 상준의 말을 들었는지 피식 웃으며 자리에 앉았다.

"이제부터 더 바빴으면 더 바빴……."

"그거 이미 매니저님한테 들었어요!"

"으아아악!"

도영은 머리를 싸매며 투덜대기 시작했다. 말은 그렇게 하면서도 다들 입이 귀에 걸려 있었다. 송준희 매니저에게 이미 축제 일정이나 스케줄은 대강 들었으니 이미 각오한 뒤였다.

그리고.

"재밌을 거 같던데."

단체로 두 눈이 반짝인 이유는 축제 일정 때문이었다. 어렸을 때부터 연습실과 집만 오고 가다 보니 이런 축제를 즐겨본 적이 없었다. 스케줄 겸 잠시 놀아보고 싶다는 눈빛들이다.

잠깐의 정적이 이어지고.

"살짝… 둘러봐도 돼요?"

도영이 가장 먼저 조심스럽게 입을 뗐다.

*　　　　*　　　　*

가을이라 행사가 많을 시즌이긴 했다. 더욱이 유명세를 몰고 있는 탑보이즈를 초청할 대학도 꽤 많았고. 바쁜 스케줄에 정신없이 돌아다녀도 모자랄 순간에…….

"어우, 저기 장난 아닌데?"

"저게 뭐야? 디스코팡팡?"

유유히 캠퍼스를 거닐며 떠들고 있는 아이돌이 있다. 마스크를 코끝까지 썼는데도 은근한 시선이 느껴진다.

'잠깐, 아주 잠깐만 둘러보고 오는 거야.'

거듭 주의를 줘놓고도 못 미더운지 먼발치에 설렁설렁 따라오고 있는 송준희 매니저. 모자를 눌러쓴 도영이 사람들이 모여 있는 곳을 손으로 가리키며 말했다.

"저거, 타도 되나?"

"…되겠냐?"

간이로 설치된 디스코팡팡에서 신나게 노래가 흘러나오고 있다. 학생들의 시선이 온통 저쪽으로 흩어진 터라 다행히 탑보이즈를 알아본 사람들은 없는 거 같았다.

그런데.

"저길 가자고."

"예에."

"하, 디팡 가운데다가 차도영 던져놓고 튕겨야 하는데."

"……!"

유찬은 못내 아쉽다는 듯 혀를 찼다.

"와아아악!"

"으아악! 살려주세요!"

그 와중에도 디스코팡팡 쪽에서는 즐거운 함성이 터져 나오고 있었다. 어느 샌가 푸드 트럭 쪽에서 닭꼬치 하나를 들고 온 제현은 몰래 구석에 숨었다.

"쟤는 또 뭐야."

"으음. 맛있……."

그걸 가만히 지켜보고 있던 도영이 당당히 손을 내밀었다.

"너만 먹냐."

"아악, 형도 하나 사 먹어! 돈이 없어, 뭐가 없어!"

"돈이 없어."

"…저리 가!"

제현이는 아무래도 사춘기인 모양이었다. 막대 사탕만 잘 먹는 게 아니라 이젠 뭐든 잘 먹는다니. 상준은 코를 쓸면서 주머니에 손을 넣었다.

"와아아아! 다들 박수!"

"이겨라! 이겨라! 이겨라!"

축제의 현장답게 활기가 여기저기서 넘쳐흐른다. 마치 가만히 서 있어도 에너지를 받을 거 같은 기분. 상준은 기분 좋은 콧노래를 흥얼거리며 멤버들을 끌었다.

"자, 이제 가자."

"벌써⋯⋯?"

"혀엉, 저기서 막대 사탕 뽑기 이벤트 해."

"아니, 너 난리 치다가 알아보는 사람 있으면 어떡하려고."

달콤한 일상을 맛봤으니 이제 슬슬 무대로 돌아가야 할 시간이다.

"아아악⋯⋯."

상준은 제현을 질질 끌며 대기실 쪽으로 발걸음을 재촉했다.

*   *   *

잠깐의 아쉬움은 뒤로하고, 막상 해가 지고 나자 잔뜩 신이 난 멤버들이다. 괜히 축제의 장이라고 하는 게 아닐 정도로 저 뒤까지 빼꼭히 들어찬 사람들. 무대 쪽에서 봐도 끝이 안 보일 수준이다.

"탑보이즈! 탑보이즈! 탑보이즈!"

"와아아악!"

곳곳에서 푸른색 야광봉이 넘실거리는 걸 보니 팬들이 이른 시간부터 앞쪽에 자리를 잡아두었던 모양이었다. 덕분에 멤버들은 무대를 날아다니며 호응을 이끌었다.

"다들 좋아요?"

"네에에에!"

"저희, 이제 가야 하는데⋯⋯."

"앵콜! 앵콜! 앵콜!"

엄청난 함성 소리에 유찬은 기분 좋은 미소를 지으며 엄지손가락을 치켜들었다. 도영이 곧바로 장난스럽게 웃으며 말을 던졌다.

"아, 함성 소리가 살짝 작은데."

"꺄아아아악!"

"오, 방금 컸다."

"앵콜! 앵콜 해주세요!"

"네, 할 거예요. 사실 두 곡 더 있어요."

능청스럽게 웃으며 팬들의 대화에 귀를 기울이는 도영. 사실 이미 약속된 시간은 훌쩍 넘은 지 오래였지만, 마지막 순서다 보니 끝은 아무래도 상관없었다.

'좀 더 할까?'

매정하게 돌아서서 나오기엔 이미 분위기가 달아오를 대로 달아올랐다. 그리고, 이런 함성들 속에서 살아 있음을 다시 깨달을 수 있었고.

"오케이."

선우의 눈짓을 확인한 유찬이 웃으며 고개를 끄덕였다.

그리고.

이번 신곡의 전주가 크게 울려 퍼지기 시작했다.

"와아아악!"

"멋있다!"

멤버들의 퍼포먼스에 열광하는 사람들도, 휴대폰 플래시를 켜고서 넘실대는 인파들도. 열심히 발꿈치를 들어 올린 채 무대를 보려고 애쓰는 팬들도.

다 하나의 별이 되어 무대를 비춘다.

"감사합니다!"

"오늘 저희를 이렇게 불러주셔서 너무 감사하고, 다음에도 또 좋은 곡으로 여러분을 찾아뵐 수 있도록. 열심히 노력하는 탑보이즈가 되겠습니다!"

결국 늦은 시간까지 앵콜을 받아주고 나온 탑보이즈.

몸은 고단하지만 즐거웠다. 무대 위에서 뛸 때면 설렘을 감출 수 없었으니까.

"벌써 슬슬 조금씩 추워지네."

상준은 찬 밤공기에 옷을 여미며 차에 올라탔다.

"꺄아아아!"

"다음에도 또 와주세요!"

밴이 있는 곳까지 따라온 팬들에게 웃으면서 손을 흔들고 나갈 채비를 한다. 송준희 매니저는 운전대를 잡은 채 조심스레 차를 뺐다. 그 와중에도 상준의 시선은 온통 뒤에 쏠려 있었다.

누군가의 일상과도 같은 캠퍼스. 상준은 누려보지 못한 그 일상이 조금은 부러웠지만, 그럼에도 무대를 포기할 수는 없었다고.

그런 센치한 감성에 잠긴 채, 상준은 천천히 창문을 내렸다.

그리고 그날 밤.

"와, 팬카페에 올라왔다!"

"어떤 거? 우리 영상?"

"다들 콘서트 얘기 하고 있네."

숙소에 도착하자마자 팬카페를 훑고 있던 도영이 상기된 목소리로 멤버들을 깨웠다.

"으으윽……. 그래? 다들 어땠대?"

"밤 늦게까지 공연했다고 다 칭찬이네."

"그럼 팬카페에 칭찬이 있지, 욕이 있겠… 아악! 왜!"

"너는 굳이 쓸데없이 맞는 말만 하잖아. 그것도 처맞는 말 위주로."

"하?"

도영은 유찬에게 눈을 흘기며 팬카페 속 사진을 상준에게 들이밀었다.

"이거 공연할 때 찍힌 거 같은데. 장난 아니게 잘 나왔네, 형."

"보정빨이네."

"그러게."

"응?"

저리 쉽게 인정하니 기분이 묘한데.

상준은 억울하다는 듯 도영의 휴대전화를 빼앗았다.

스윽. 슥.

몇 개의 게시물을 넘기던 상준의 시선이 한 게시물에서 멈췄다.

"왜?"

묘하게 굳어버린 상준의 표정. 생글거리던 도영은 걱정스러운 눈길로 휴대전화를 내려다보았다.

"욕이라도 있어? 아니, 팬카페인데?"

"그게 아니라……."

디스코팡팡 쪽에 서 있던 멤버들을 찍은 사진.

그다음은 닭꼬치를 먹고 있는 제현의 모습까지 사진에 담겨 있었다.

"아."

도영은 대수롭지 않다는 듯 어깨를 으쓱였다.

"누가 보셨나 보네."

"그러게. 그냥 다가와서 얘기하시지, 사진만 찍으셨네."

"많이도 찍으셨다. 언제 다……."

별생각 없이 조잘대는 멤버들. 하지만, 상준이 당황한 이유는 그것 때문이 아니었다.

"그 밑에 사진 봐봐."

"어? 왜?"

상준의 말에 두 눈을 끔뻑이며 아래 사진을 확인하는 도영이다.

대기실에서 찍힌 듯한 사진 서너 장. 사실 저렇게만 놓고 보면 별 의미 없는 사진들이긴 한데…….

"이건 언제 찍으신 거지?"

뒤편에 연예인들이 대기하는 곳까지 와서 찍을 정도면.

"그냥 학생회 아니야?"

"학생회?"

"학생들도 왔다 갔다 하지 않았던가."

유찬은 어깨를 으쓱이며 나직이 중얼거렸다. 그런 멤버들을 지켜보던 송준희 매니저가 어서 내리라며 재촉했다.

"들어가서 놀지 말고 웬만하면 바로 자."

"네엥, 저희도 피곤해요."

"그래."

송준희 매니저는 다시 차에 올라타며 창문 밖으로 머리를 내밀었다.

"아."

오전에 전해 들은 사항이 떠올라서였다.

"너네 팬 서포트 선물 숙소에 가져다 놨어."

"와, 서포트 선물이요?"

"아침에 보긴 봤잖아."

"워낙 정신없이 나와 가지고……."

팬들에게서 들어온 선물들을 미리 열어보고 체크해서 숙소에 가져다 두었던 송준희 매니저다.

"편지도 다 체크해 봤으니까, 가서 열어봐."

"네에!"

"와아아아, 빨리 가자!"

"차도영, 먼저 문 열고 있어!"

"예압!"

선물이라는 한마디에 금세 텐션이 올라갔다. 늦은 시간까지 스케줄을 뛰었다고는 믿기지 않을 정도의 엄청난 텐션. 송준희 매니저는 웃음을 터뜨리며 다시 머리를 창문 안으로 집어넣었다.

달칵.

그새 멤버들은 이미 숙소 문을 열어젖혔다.

"헐, 이거 내 이름이다."

도영은 가장 앞에 보이는 선물 하나를 낚아채며 소파 위로 몸을 던졌다. 제현은 두 눈을 반짝이며 그런 도영의 옆에 따라 앉았다.

"뭔데? 뭔데?"

"편지인 거 같은데?"

첫 장을 열어본 도영의 입가에 은은한 미소가 떠올랐다.

"이거 곰 인형은 원래 있던 건가?"

"아침에… 있었나? 처음 보는 거 같은데."

"진짜 크다……. 대박."

그 와중에도 상준은 거듭 휴대전화 화면을 내려다보고 있었다.

아이디 크피23571.

몇 개나 게시물을 더 올린 모양인데, 대부분 탑보이즈 사진들이 가득했다. 한 게시 글당 열 장이 넘는 사진들을 빠르게 확인하며 스크롤을 넘기는 상준이다.

─이거 어디서 찍은 거임?

  ㄴ그러게

  ㄴ이거 촬영 가능한 데서 찍은 거 맞나?

  ㄴ대기실 같은데???

  ㄴ학교 직원인가

  ㄴ머임?

─사진 잘 보고 가요!

  ㄴㄲ아ㅏ아아

  ㄴ이거 장소 어딘지가 더 중요한 거 같은데

  ㄴ왜 몰래 찍은 거 같냐

몇몇 댓글들은 이상함을 감지했는지 의아해하고 있었지만 대다수는 낌새도 눈치채지 못했는지 고맙다는 댓글들이 쭉 이어졌다. 상준은 인상을 찌푸리며 휴대전화를 주머니에 밀어 넣었다.

사실 흔한 일이다.

공인이 되면서 길거리만 지나가도 알아보는 사람들이 널렸고,

이 정도의 일은 묵인하는 연예인들이 대다수였다.

그런데.

그냥 넘어가기에는 왠지 찝찝한 기분.

"와, 이번에 선물 진짜 많네."

"이거 내 거임."

"아니, 다섯 명 거 다 보냈잖아."

"제발 싸우지들 말고 그냥 입어라."

선우는 혀를 내두르며 자리에서 벌떡 일어났다. 에펠탑 사진이 박혀 있는 티셔츠를 몸에 대보고선 고개를 끄덕이는 선우다. 사이즈도 딱 맞고 디자인도 마음에 쏙 든다며, 선우는 곧바로 옷장으로 향했다.

"이거 나 있던 바지랑 입으면 어울릴 거 같은……."

옷장에서 열심히 서랍을 뒤지던 선우가 고개를 갸우뚱하며 물러섰다.

"어디 갔지?"

"왜 그래?"

"아니, 바지가 없는데."

"또 아무 데나 굴렸지?"

선우의 말에 곧바로 타박을 던지는 도영. 반사적으로 건넨 말이긴 했지만 순간 이상한 기분이 들었다.

'선우 형이 물건을 아무 데나 두는 타입은 아닌데.'

청결 그 자체인 성격이라 보이는 곳에 놔두면 놔뒀지, 아무데나 던져놓고선 못 찾을 타입이 아니었다.

그 순간.

열심히 고개를 두리번대던 선우가 큰 소리로 외쳤다.

"야, 엄유찬!"

"왜?"

뭔 일이냐며 자리에서 벌떡 일어난 유찬을 향해 선우가 투덜거리기 시작했다.

"네 서랍에 있잖아. 아니, 언제 들고 갔대."

"뭔 소리야, 그건 또."

"있는데?"

"어, 그러네?"

유찬은 억울하다며 손사래를 쳤다.

선우 역시 바지를 손에 들고선 의아한 눈빛을 보냈다. 장난치는 걸 좋아하는 도영이라면 모를까 유찬이 굳이 이런 장난을 칠 성격은 아니므로. 주인도 모르는 남의 옷을 채 갈 녀석은 더더욱 아니었다.

'싸한데.'

상준은 침을 삼키며 그런 둘을 말없이 바라보았다.

"귀신이 곡할 노릇이네."

유찬이 중얼거리는 말을 듣고 있던 상준의 머릿속에, 순간 불길한 생각이 스쳐 지나갔다.

"잠깐만."

상준은 인상을 찌푸리며 다시 휴대전화를 꺼냈다.

띠링—.

바로 팬카페에 들어가서 문제의 그 게시 글을 확인한다.

"아이디 크피23571……."

상준은 휴대전화를 붙들고선 아이디를 작게 중얼거렸다. 어딘지 기시감이 들었던 이유.

"이⋯ 삼오칠일⋯⋯."

몇 번이고 숫자를 중얼거린 상준은 고개를 번쩍 들었다.

"야."

"왜⋯ 그래?"

창백하게 질린 상준의 얼굴을 보고선 놀란 눈으로 고개를 돌리던 멤버들.

"하."

상준은 떨리는 손으로 휴대전화를 세게 쥐었다.

"이거 우리 현관문 비밀번호잖아."

＊　　　　＊　　　　＊

"이게 비번이라고?"

상준의 한마디에 멤버들은 단체로 굳었다. 처음에는 별생각 없이 상준의 휴대전화 화면을 힐끗 내려다보던 도영도 이내 차갑게 식었다.

아이디 크피23571.

"⋯맞네."

단순히 우연일까.

이름도 난해한 데다가 쉽게 조합할 수 있는 숫자 배합도 아니다. 마치 대놓고 '나는 알고 있다'를 자랑하는 듯한 닉네임.

상준은 오싹한 기분에 인상을 찌푸렸다.

그 순간.

불길한 생각이 상준의 머릿속을 스쳤다.

"잠깐만."

아까보다 더 굳어가는 상준의 얼굴을 본 도영이 놀란 눈으로 돌아보았다. 상준은 기억을 되짚으며 유찬의 팔을 잡았다. 다들 선물을 확인하느라 정신없을 참에 유찬이 무슨 말을 했던 거 같은데.

"아까 뭐라고 했지?"

"어?"

머릿속이 새하얗게 굳어버린 기분. 상준은 바닥에 흐트러져 있던 선물들을 살폈다. 팬분들이 보내주신 고마운 서포트 물품들. JS 엔터의 검열까지 받은 선물들이라 당연히 안심할 수밖에 없었지만, 지금은 달랐다.

'지금 숙소에 누가 다녀갔는지도 모르는데.'

상식적으로 생각해 보자.

상준은 속으로 되뇌며 천천히 선물들을 살폈다. 현관문 비밀번호까지 알아내서 이 숙소로 들어왔을 때, 가장 먼저 할 만한 행동.

'단순한 장난만 쳤을 리가.'

「절대자의 감각」.

상준의 싸한 감각이 확실히 말하고 있었다. 분명 이 숙소 안에 숨기고 있는 것이 있으리라는 걸.

'이거 곰 인형은 원래 있던 건가?'

'아침에… 있었나? 처음 보는 거 같은데.'

'진짜 크다……. 대박.'

의아하다는 듯이 멤버들이 주고받았던 말들.

그 말들을 마침내 떠올려 낸 상준은 거침없이 선물을 걷어냈다.

"…곰 인형."

"곰 인형이 왜?"

"무슨 일이야?"

제현의 물음에 상준은 대답 대신 곰 인형을 번쩍 들어 올렸다. 한 품에 안기 버거울 정도로 큰, 사람 크기의 곰 인형.

설마.

"아니겠지……?"

그렇게 말하면서도 상준의 손은 곰 인형을 누르고 있었다.

그리고.

"……."

상준은 과감하게 곰 인형의 눈알을 잡아챘다.

덜컹—.

금속 부품이 쓸려 나오는 오싹한 소리와 함께, 상준은 놀란 눈으로 곰 인형을 바닥에 떨어뜨렸다.

"……!"

아무것도 없이 솜뭉치만 있어야 할 자리에.

카메라가 연결되어 있었으니까.

*　　　　*　　　　*

"얘들아! 얘들아!"

벌컥—.

"어, 실장님!"

요란한 소리에 멤버들이 단체로 일어났다.

"어떻게 된 거야? 너네 괜찮아? 다친 데는 없고?"

"실장님, 누가 보면 강도라도 들어왔는 줄 알겠……."

"그게 이거랑 뭐가 달라."

소식을 전해 들은 조승현 실장은 한달음에 숙소로 달려왔다. 늦은 시각이었음에도 헐레벌떡 뛰어온 얼굴은 완전히 사색이 되어 있었다.

연예인들을 수없이 관리하면서 사생팬이 따라붙는 일들은 꽤 많았다. 아이돌의 경우에는 더했다. 유이앱 방송 도중에 전화를 걸거나, 번호를 알아내서 쉬지 않고 연락하는 일도 많았고.

숙소 앞에 찾아와서 며칠이고 떠나지 않는 바람에 어쩔 수 없이 숙소를 바꿔야 하는 일도 빈번하긴 했었다.

"……."

하지만, 이토록 무모한 일은 처음이었다. 블랙빈을 직접 담당했던 것은 아니었지만, 최소한 곁에서 지켜봐 왔을 때조차 이런 일은 없었다.

"숙소에 카메라를 설치했다고?"

너덜너덜해진 곰 인형과 그 옆에 놓여 있는 소형 카메라.

조승현 실장은 침음을 삼키며 두 눈을 감았다.

"후, 일단 누군지 잡아야지."

CCTV도 있으니 범인을 잡는 일은 어렵지 않을 거라며 다독이는 조승현 실장이다. 멤버들이 더 걱정할까 봐 말은 그렇게 하지만 여전히 당황한 기색이 역력했다.

"으음. 아무것도 감이 안 잡히는 상황이지?"

답답한 심정에 중얼대는 조승현 실장. 그의 옆에서 심각한 얼굴로 앉아 있던 송준희 매니저가 입을 열었다.

"처음부터 이렇게 무모하게 덤비지는 않았을 건데."

일리 있는 말이다. 이런 일을 벌이려면 최소 몇 번은 이 근방을 들렀을 테니까. 송준희 매니저는 다급히 물었다.

"너네 정말 아무 일도 없었어? 누가 근처에 찾아왔다든가."

"어……."

사생이 비공식 스케줄에 따라온 적은 있어도 숙소 앞까지 찾아왔던 적은 없는 거 같았다. 상준은 인상을 찌푸리며 고개를 저었다.

"근처에서 본 적도 없어? 확실해?"

"네. 저희가 알기로는… 딱히 없었던 거 같은데."

"의심 가는 사람은……?"

이번에는 조승현 실장이 물었다.

의심 가는 사람이라. 이유는 모르겠으나 상준의 기억에 한 얼굴이 스쳐 지나갔다. 처음 야외 팬 미팅 당시에 불안한 눈빛으로 자신들을 빤히 바라보고 있던 초췌한 기색의 여자.

하지만, 그저 심증뿐이었기에 쉽게 단정 지을 수는 없었다. 상준이 고민하는 동안 생각에 잠겨 있던 제현이 벌떡 손을 들었다.

"생각해 보니……."

"뭐 있어?"

"기억나는 게 있는 거 같아?"

제현이 말을 꺼내기 무섭게 사방에서 눈을 반짝이며 돌아본다. 제현은 머리를 긁적이며 말끝을 흐렸다.

"이게 심각한 일인지는 모르겠는데… 제가 직접 들은 게 있거든요."

며칠 전 라디오 스케줄 때였단다.

퇴근길에 단체로 차량에 탑승하기 위해 대기 중이었는데, 조금 뒤편에 떨어져 있던 제현이 이상한 말을 들었다는 소리였다.

"그렇게 1등 하면 좋냐고……? 대충 그런 뉘앙스의 말이었어요."

"정말 그렇게 말했다고?"

제현의 말에 조승현 실장은 인상을 팍 구겼다.

"저한테만 들리게 말해서. 그냥 그러려니 하고 넘어갔죠."

"그게 그냥 그러려니 하고 넘어갈 문제야?"

조승현 실장은 기가 차다는 듯 웃음을 터뜨렸다. 제현은 두 눈을 말똥말똥하게 뜬 채 고개를 갸우뚱해 보였다.

"그런 적 은근 많아요."

"…뭐?"

"앞에서만 안 할 뿐이지."

제현의 한마디에 무거운 침묵이 가라앉았다. 워낙 남들을 신경 쓰지 않는 성격의 제현이라 별생각이 없었다고 생각했는데. 표정을 보니 어째 마음속에 담아둔 거 같다.

음악방송을 뛰다 보면 이따금씩 타 팬들이 속삭이는 말들을 듣기도 한다. 견제가 일상인 팬덤들 사이에서 귀가 밝은 제현이 무슨 말들을 들었을지는 안 봐도 뻔했다.

"후우."

조승현 실장은 깊은 한숨을 내쉬며 고개를 들었다.

어찌 됐건 1등을 논하는 뉘앙스 자체가 짐작 가는 쪽이 있긴 한데…….

"혹시……."

이런 얘기를 이 상황에서 꺼내는 것 자체가 조심스럽다는 표정. 잠시 망설이던 유찬이 작은 목소리로 입을 열었다.

"크리피타운 팬 아냐?"

*　　　*　　　*

그런 유찬의 예감은 현실이 되었다.

"오늘 낮에 연락 들어왔다."

숙소 침입 사건의 범인이 잡혔고 경찰에 보내졌단다.

그 과정에서 컴퓨터 하드를 통으로 뒤졌는데 크리피타운 자료가 수없이 쏟아졌다고 했다.

크리피타운이 1등을 뺏긴 거에 대해 보복성으로 이 일을 벌였다는데 기가 찰 따름이었다. 원래부터 크리피타운의 사생팬 노릇을 하다가 이렇게 일을 키운 거라고.

도영은 한숨을 내쉬며 말을 뱉었다.

"아니, 그러면 사생팬도 아니고."

"그냥 복수하려 한 거지."

결과적으로 상준이 의심했던 그 여자가 범인이 맞았다. 그 사람과 다른 팬이 함께 짜고 치고 벌인 판. 무슨 의도로 그렇게 대놓고 저질렀는지 알 수 없었지만 하마터면 큰일 날 뻔했다는 건 확실했다.

"이거 봐봐."

와.

상준은 조승현 실장이 건네는 자료를 받으며 깊은 탄식을 뱉었다.

대단하긴 대단한 인간이다.

"사생팬 짓도 하루 이틀이 아니었구만."

"사생은 팬이 아니지."

유찬은 싸늘하게 덧붙이며 혀를 찼다.

탑보이즈 숙소 사진.zip.

크리피타운 비공개 사진.zip.

크리피타운 전화번호.txt.

리스트로 쫘르르 정렬되어 있는 목록.

"여기다가 영상까지 팔아치우려고 한 거 같던데?"

"하."

상준은 혀를 내두르며 머리를 짚었다.

그래도 여기서 끝나서 망정이다.

"다신 이런 일 없도록 제대로 조치할 테니까. 너무 걱정하지는 말아."

조승현 실장은 멤버들을 돌아보며 단호하게 말했다.

"네."

"그래야죠."

워낙 사건이 크게 터지는 바람에 온탑들도 소식을 접한 모양이었다.

어제 아침부터 팬카페에는 걱정하는 댓글들이 수없이 쏟아졌다. 기사들도 마찬가지였고.

「사생 문제, 이대로 놔둬도 되나? 탑보이즈 숙소 침입 사건」
「숙소에 침입해 소형 카메라 설치, 팬심을 넘어선 범죄」

—진짜 이건 미친 거 아니야?
　└ㄷㄷㄷㄷㄷㄷㄷㄷㄷㄷ
　└와. 진짜 애들 숙소 빨리 나가라고 해주세요 ㅠㅠ
　└이거 그 사람이잖아. 팬카페에 비공 스케줄 사진 올린 사람
　└이런 사람들 칼같이 팬카페에서 밴 해야 함
　└2222
—아니, 애들 얼마나 놀랐을까 ㅠㅠ
　└ㄹㅇ… 어린애들한테 이게 뭐 하는 짓이야
　└사생은 팬이 아닙니다ㅠㅠㅠㅠㅠㅠ
　└거의 조직적인 범죄인데;; 둘이 짜고 치고 저렇게까지 했다고?
　└내 말이
　└이번 기회에 엄중하게 조치했으면 좋겠습니다. 이런 일이 자꾸 연예계에서 반복되는 게 너무 안타깝네요

　이번 일이 확실히 처벌되어야 한다고 목소리를 높이는 팬들이 많았다. 마치 한편이 생긴 듯 든든해진 기분. 상준은 흐릿한 미소를 지으며 고개를 돌렸다.

　"당분간 안 받으려 했는데 또 선물이 잔뜩 쌓여서."

　조승현 실장은 피식 웃으며 말을 뱉었다.

　이번 일이 터지자마자 힘내라며 팬들이 각지에서 선물을 보내왔다고 했다.

옷부터 신발, 먹는 거까지.

다양한 종류의 선물들이지만 이전보다 훨씬 더 철저하게 검열해서 하나씩 전달될 예정이었다.

그런데, 이번만 유독 특이한 점이 있었다.

"너네가 곰 인형 눈알을 다 뜯어보려 할까 봐……"

"아얏."

어쩐지 언제나 단골 선물이었던 인형이 없더라니.

"이번엔 하나도 안 들어왔어."

연예인과 팬.

그 누구보다 가까운 사이임에도 불구하고 지켜야 할 선은 있는 법이었다. 그 선을 최선을 다해 지켜주려 하는 팬들을 보며, 상준은 마음 한편이 따뜻해졌다.

물질적인 선물들보다도 진심을 담은 수많은 편지들.

"와, 진짜 많이 왔다."

"이거 언제 다 읽나 몰라."

그렇게 말하면서도 입이 귓가에 걸려 있는 도영이다.

도영은 편지지 하나를 집으며 천천히 읽어 내려갔다.

몰아쳤던 요 며칠을 정리하기 위한 잠깐의 휴식. 다들 말없이 앞에 놓인 편지를 하나씩 읽어갔다.

언제나 위에서 지켜주겠다고 다짐하는 팬들의 진심이 담긴 편지.

상준의 입가에도 은은한 미소가 감돌았다.

"…좋다."

사실 다른 건 필요 없었다.

대신해서 싸워줄 필요도, 본인 일처럼 힘들어할 필요도 없었다.

그저 언제나처럼 그 자리를 지켜주는 것. 그게 가장 탑보이즈에게 힘이 되는 일이니까.

받기만 해서 죄송할 때가 많았다.

상준은 온기가 남아 있는 듯한 편지지를 천천히 봉투에 넣었다.

아까부터 조승현 실장이 말없이 멤버들을 내려다보고 있었다는 걸 눈치챈 것도 그때였다.

"아."

집중하느라 아까부터 빤히 이쪽을 보는 줄도 몰랐다.

멤버들은 단체로 그를 향해 돌아앉았다.

"무슨 일 있으세요?"

두 눈을 굴리며 제현이 물어오는 말에 그제야 입을 여는 조승현 실장.

"사실……."

"네에."

"전할 소식이 따로 있는데."

조승현 실장은 의미심장한 눈길로 자리에서 일어났다.

제5장

해외 투어

전할 말이 있다길래 긴장하고 있었는데, 조승현 실장이 이어서 꺼낸 말은 뜻밖이었다.

"좋은 소식 하나 잡혔다."

드디어 자신에게 관심이 쏠리자 만족스러운 얼굴로 돌아보는 조 실장. 맞혀보라는 듯 고개를 끄덕이는 그의 태도에 멤버들은 단체로 고민에 빠졌다.

'좋은 소식?'

혹시……

좋은 소식이라면 떠오르는 게 하나 있긴 했다. 이번 앨범의 컨셉과 야망을 고려했을 때, JS 엔터에서 열심히 준비했을 좋은 소식은.

"해외 진……."

"너튜브 개인 방송?"

"아!"

"아아?"

이번에는 도영이 빨랐다. 상준과 도영은 서로를 돌아보며 짧게 감탄했다. 제법 그럴싸한 추측이었기 때문이었다.

"그거 말 되네."

"둘 다 맞는 거 같은데?"

놀랍게도.

"…둘 다 맞는데."

조승현 실장은 두 눈을 끔뻑이며 혼란스러워했다.

"정확히 개인 영상은 아니긴 하지만. 단독 콘텐츠는 들어갈 예정이야."

"와, 정말요?"

너튜브의 파급 효과가 강해지면서 못내 아쉽긴 했었다.

오르비스도 한다면서 멤버들이 은근히 부러워했다는 걸 송준희 매니저를 통해 전해 들은 모양이었다.

'이런 게 없긴 했지.'

신인이라서 SNS의 자유도 주어져 있지 않던 터라, 유일하게 멤버들이 자유롭게 찍을 수 있는 건 유이앱과 팽이 일기뿐이었다.

"완전 자유?"

"…그건 아니고."

"아."

급 시무룩한 표정으로 고개를 숙이는 도영이다.

그래도 최대한 멤버들의 의견을 받아주겠단다. 원래대로였다면 이것만으로 잔뜩 신이 났을 멤버들이었지만, 자연스레 호기심은 다른 쪽으로 쏠렸다.

다른 쪽의 임팩트가 너무 강렬했으니까.

"해외… 투어요?"

"그래."

조승현 실장은 팔짱을 낀 채 고개를 끄덕였다. 미국, 남미부터 동아시아 쪽까지 제대로 첫 번째 해외 투어 일정이 잡혀 버렸다. 해외라고는 잠깐밖에 나가지 못했던 멤버들은 두 눈을 반짝이며 모여 앉았다.

"그냥 거기서도 공연하고… 그러면 되는 거예요?"

선우가 가장 먼저 조심스레 손을 들었다. 해외 스케줄 경험이 전혀 없으니 블랙빈에게 전해 들은 얘기 외에는 아는 것이 없었다.

하긴…….

'아, 맞다. 얘네 비행기 신발 벗고 탔었지.'

조승현 실장은 아찔했던 공항 사건을 떠올리며 두 눈을 질끈 감았다. 같은 실수를 반복하지 않기 위해서는 이번에라도 제대로 알려주고 가야 한다.

"너네 월드 투어 하나도 모르지?"

"모르죠!"

"몰라요!"

쓸데없이 해맑다.

유찬은 머리를 짚으며 작게 중얼거렸다.

"그럴 때는 그냥 가만히 있어야지. 너무 없어 보이잖아."

"없어!"

"없긴 하지."

상준까지도 동감한다. 도대체가 경험해 봤어야 알지, 할 줄 아는 건 노래 부르고 퍼포먼스를 보여주는 것 외에는 없으니.

대신 건너 건너 전해 들은 얘기는 조금 있었다.

해외 팬들은 특정 가수를 좋아하는 경향보다도 K—POP 자체에 열광하는 경향이 있다고. 그런 팬들을 끌어 모으는 것이 바로 화려한 퍼포먼스와 칼군무.

"…어렵다."

죽어라 연습을 해도 춤 선을 살리는 게 결코 쉬운 일이 아니었다. 사소한 동선 하나에도 전체적인 그림이 바뀌고 마니까.

짝.

걱정에 잔뜩 잠겨 있는 멤버들을 보고선, 조승현 실장이 크게 손뼉을 쳤다.

"그래서 연락 좀 넣어놨지."

"연락이요?"

의아한 눈빛으로 조승현 실장을 올려다보는 도영.

이어진 조 실장의 말은 멤버들의 사기를 끌어올리기에 충분했다.

"블랙빈이랑 합동 방송 한번 하자."

"……!"

"와아아악!"

                    *   *   *

탑보이즈가 국내 위주로 지난 1년간을 바쁘게 보냈다면, 어느 정도 국내에서 자리를 잡은 블랙빈은 초반부터 해외 위주로 뛴

편이었다. 덕분에 해외 활동 경험도 비교되지 않을 정도로 많고 외국 리얼리티 방송까지 나간 적 있었다.

"형한테 얘기 가끔 듣긴 했는데."

"…안 들은 거 다 알아."

유찬의 돌직구에 도영은 헛기침을 했다. 은수랑 화해한 것이 1년도 채 안 된 일이니 그럴 수밖에 없었다. 바쁘다는 소리만 들었지, 구체적으로 무슨 스케줄이 있는지는 몰랐던 게 당연했다.

그래서 오늘 이 자리가 만들어졌다. 겸사겸사, 너튜브 방송 콘텐츠도 만들고 조언도 들으려는 목적으로.

벌컥―.

몇 분을 앉아서 기다렸을까. 반가운 얼굴들이 문을 열고 들어왔다.

"예에에에!"

"와, 진짜 오랜만이다."

"방송 아니면 안 찾지? 와, 너무하네."

"어, 맞아. 굳이 찾고 싶지가 않… 아악!"

도영과 은수는 만나자마자 투닥대고 있고, 상준은 카메라 각도를 확인하기에 여념이 없었다.

"잘 나올 거 같아?"

"그런 거 같은데."

멤버들이 많다 보니 카메라 한 대에 다 담기도 어렵다. 상준은 부드러운 미소를 지으며 아직 불도 들어오지 않은 카메라를 향해 손을 흔들었다.

"오늘 우리가 콘텐츠를 하나 정해서 영상도 올리고, 해외 투어

이야기도 좀 들으려고 불렀는데."

"어어."

은수는 고개를 끄덕이며 상준의 말에 답했다.

"콘텐츠는?"

누가 방송인 아니랄까 봐 가장 먼저 그것부터 찾는다. 도영은 헛기침을 하며 은수의 예리한 질문을 피했다.

"뭐야, 안 정한 거였어?"

큰 덩치의 강원이 당황한 기색으로 물었다.

"아니, 나는 당연히 정해진 줄 알았지."

"정해지긴 했어요!"

제현이 벌떡 손을 들며 생글거렸다.

"팬분들이 팽이 일기가 너무 좋다고, 블랙빈이랑 해달라고 해서서."

블랙빈 팬이면서 탑보이즈 팬인 경우가 꽤 있었다 보니, 둘의 합동 방송을 기다리는 온탑들도 많았다. 제현은 해맑게 웃으며 말을 이었다.

"근데 또 요새 먹방이 트렌드잖아요."

"으음?"

방금 전까지는 이해가 됐는데……

어째 두 말을 이어서 들으니 혼란스럽다. 찬은 인상을 찌푸리며 되물었다.

"그러니까, 팬분들이 팽이 일기를 보고 싶으신데… 먹방을 한다고?"

"연관된?"

"그게 무슨 소리야."

불안함을 직감한 은수가 기겁하며 침을 삼켰다.

"팽이를… 먹어?"

은수의 말에 충격을 받은 건 제현도 마찬가지였다.

"뭐야? 팽이 먹어?"

"프랑스에서 달팽이 요리가 일품이라고 하긴 하더라."

"아니, 대체……"

혼이 나간 듯 멍하니 앉아 있는 제현이다.

"어… 어떻게…… 우리 팽이……"

도영은 혀를 차며 은수에게 타박을 던졌다.

"쟤가 팽이를 얼마나 아끼는데 그런 무심한 말을……"

"아니, 나는 그냥 저 친구가 말하는 대로 조합했을 뿐이야."

은수는 억울하다며 언성을 높였다.

어째 말이 꼬여가는 것 같다. 상준은 양쪽을 진정시키며 천천히 입을 뗐다. 방송 주제를 처음 계획한 것이 다름 아닌 상준이었으니까.

"그게 아니라……"

자고로 너튜브의 생명은 어그로라 했다.

상준은 자신감 넘치는 표정으로 라이브 방송의 제목을 입력했다.

「팽이 먹방」.

그리고, 시작과 동시에 사람들이 쏟아지기 시작했다.

*   *   *

"와, 시청자 수 봐."

"확실히 상준이 형 말이 맞네."

"그치?"

제목만 보고 당황해서 들어온 팬들은 이내 혼란스러워졌다.

—이 팽이였어?

—ㅋㅋㅋㅋㅋㅋㅋㅋㅋㅋㅋㅋㅋㅋㅋㅋㅋ

—아니, 드립력 무슨 일이야 ㅋㅋㅋㅋ

—왜 달팽이 이모티콘까지 넣었어 돌겠다 ㅋㅋㅋㅋ

—이거 누구 아이디어임? 대체;;

팽이를 먹방 하고 있기는 한데……

"와, 양념 진짜 잘 배어들어 갔네요."

팽이버섯 먹방이었다. 기대했던 달팽이는 보이지도 않고 매운 양념에 절여진 팽이버섯만 철판 가득 있다.

"매워."

"물, 물 마실래?"

"어엉."

맵다며 손부채질을 하면서도 팽이를 놓지 않는 집념의 제현. 은수는 웃음을 터뜨리며 제현을 향해 말을 던졌다.

"제현이가 그냥 팽이만 좋아하는 게 아니네. 먹는 팽이도 좋아하네."

"엉?"

"아니야, 그냥 먹어."

너무 열심히 집중하고 있어서 말 걸 틈도 없다.

─아니, 제현아…… 먹방이라고 먹기만 하면 안 돼…….

─애들 너무 허접한데 허접하게 잘 노네

─윗댓 칭찬 맞지? ㅋㅋㅋㅋㅋㅋㅋ

─다들 놀리는 맛에 사나 봄 ㅋㅋㅋ

후루룩.

두 눈을 열심히 굴리며 철판 위의 팽이를 해치운 제현이 고개를 들었다. 오늘의 본분을 잊어서는 안 됐다.

"그래서 해외 투어는 어떻게 해요?"

"…너무 일찍 묻는 거 아니냐."

은수는 피식 웃어 보이며 턱을 천천히 쓸었다.

─블랙빈의 해외 투어 꿀팁!!

─와 너무 궁금해!

─왜 다들 광고처럼 말하냐 ㅋㅋㅋㅋㅋ

─헐헐헐 오늘 둘이 합동 방송 해요? 나는 이미 여기에 누웠다ㅠㅠ 흙흙 너무 행복한걸

"해외 투어는……."

의미심장한 은수의 한마디에 모두의 시선이 쏠렸다. K—POP의 선도자로 열심히 해외 투어를 뛰고 있는 블랙빈의 리더, 차은수. 그의 입에서 나올 팁이 과연 무엇일까.

"영어를 잘하면 좋아요!"

─?????????????

─오……. 너무 꿀팁이잖아?

─이것이 해외 투어 1타 강사의 숨겨진 비결인가?

─ㅗㅜㅑ

"그 나라 말도 잘하면 더 좋아요."

"어어, 그런데 형은 왜 한국말도 못 알아들어?"

"커억."

도영의 돌직구에 은수는 팽이버섯이 잘못 넘어갔는지 두 팔을 휘저었다. 다급히 물을 들이켠 후에야 그나마 정신이 든다.

"그거 말고 더 없어?"

그나마 진지하게 고민하고 있던 강원이 천천히 고개를 들었다. 무한 신뢰가 담긴 제현의 눈길이 그에게 향했다.

"으음."

강원은 마치 고급 정보를 알려주듯 작게 속삭였다. 마이크에 귀를 가까이 댄 팬들만이 들을 수 있었을 정도로 비밀스러운 한마디.

"…춤을 잘 추면 되지 않을까?"

에라이.

상준은 머리를 짚으며 젓가락을 뺏어 들었다.

"먹지 마, 걍."

"아아악, 거참 너무하네."

"저리 가! 저리 가!"

그렇게 촬영장은 한바탕 난장판이 됐다.

하지만, 그 와중에도 그나마 쓸 만한 정보는 있었다.

"들었지?"

"네?"

"아뇨, 모르겠는데요."

아무리 발뺌을 해도 이미 탈출하기엔 글렀다.

블랙빈의 강연에서 쓸데없이 감격한 조승현 실장이 확실히 칼을 뽑아 들었으니.

"영어 공부 하자."

*　　　*　　　*

사실 스페인에서 이미 유창한 스페인어 실력을 보여주었던 상준이었다. 그렇다고 해서 영어를 잘했냐고?

"으음."

'아임 파인 땡큐. 앤 유?'

상준은 자신의 흑역사를 떠올리며 고개를 세차게 저었다. 확실하게 인정해야 한다. 언어 재능 없는 자신의 영어 실력은 바닥이라고.

그렇다고 해서 언어 습득 재능을 여기서 쓸 수도 없었다.

'눈치채겠지.'

멤버들한테만 공개한 것도 아니다. 방송에서 당당히 허접한 영어 실력을 공개했는데 하루아침에 갑자기 유창한 발음이 된다면…….

분명 누군가는 이상하게 생각하고 관심이 쏠릴 게 뻔했다. 그런

위험 부담을 안을 수는 없었기에 최대한 조심스럽게 다가가야 했다.

'제대로 해보는 거야.'

공부와는 담을 쌓아왔지만 해서 안 될 게 있을 리가.

월드 투어가 결정되고 나서 한동안 영어에만 온 힘을 쏟았던 상준이다.

"다들 어느 정도 좀 하나?"

유창하게 영어로 물어오는 외국어 담당 조나단 선생.

"오우⋯ 예아?"

도영이 헛소리로 시선을 끌던 순간, 그의 시선이 상준에게로 향했다.

'보여줘야지.'

상준은 지난밤 내내 갈고닦은 영어 회화를 떠올리며 자신 있게 입을 뗐다.

*   *   *

조나단은 상준의 회화를 지켜보며 깊은 상념에 빠졌다. 한국에 온 지 꽤 오랜 시간이 지난 터라 영어 발음의 틀을 벗어난 상준의 말을 이해할 수는 있었지만⋯⋯.

'아니, 대체⋯⋯.'

영어를 너무나 잘한다. 어려운 구조의 문법도 단 하나 틀리는 것 없이 완벽하게. 아예 회화 책을 통째로 외운 건 아닌가 싶을 정도로.

그런데.

"발음 무슨 일이야."

"켁. 아니, 유찬아, 그렇게 뼈 때리면 어떡해."

상준은 영문을 모르겠다는 표정으로 두 눈을 굴리고 있었다. 분명 어제 외운 대로 완벽하게 말했을 뿐인데, 어째 반응이 이상하다. 도영은 배를 잡고 정신없이 웃어대고 있고. 제현은 기가 찬다는 듯 상준을 올려다보고 있었다.

"왜?"

"……."

"왜왜! 뭐가 문젠데!"

한참을 멍하니 지켜보고 있던 제현의 입에서, 묵직한 한마디가 흘러나왔다.

"원어민은 원어민인데. 한 98프로 정도 부족해 보였어."

망할.

그건 너무 많이 부족한 거 아니냐.

"아아악!"

상준은 머리를 싸매며 벽에 기댔다.

그리고.

"영어만 못하는 글로벌 아이돌이다!"

"와아아악!"

"글로벌한데 영어만 왜 못하는… 아악! 왜!"

졸지에 영어만 못하는 글로벌 아이돌이 되어버린 상준이었다.

*　　　　　*　　　　　*

멤버들이 해야 할 건 영어 수업뿐만이 아니었다. 각종 안무 수업부터 리얼리티에서 선보일 개인기까지. 만반의 준비를 마치

느라 시간은 빠르게도 흘러갔다.

그렇게 정신없이 시간은 흘러 어느덧 출국 당일.

"으아아악!"

"바빠! 너무 바빠!"

탑보이즈 숙소 안은 언제나처럼 난장판이 됐다.

"상준이 형, 이거면 돼?"

"이거는 왜 챙기는데?"

"다다익선이래."

상준이 빼놓은 것은 없는지 신중하게 체크하는 동안, 제현은
쓸데없는 것까지 다 캐리어에 밀어 넣으려 하고 있었다.

끙끙대며 방에서 이불을 끌고 온 제현을 보고선 깊은 탄식을
내뱉는 상준이다.

"이불을 들고 간다고?"

"아, 이건 아닌가?"

"아닌 거 알면 빼자."

이러다가는 숙소의 살림살이가 전부 거덜 나게 생겼다. 다다
익선이라면서 침대를 돌아보는 제현을 황급히 말렸다.

"우리 여행 가는 거거든, 이사 가는 게 아니라."

"아, 나는 내 이불이 편한데."

"대체."

"선우야, 그쪽은 대강 다 챙겼어?"

상준과 선우는 삽질하는 동생들을 대신해서 캐리어를 확인하
느라 정신이 없었다. 도영의 캐리어에서 수북한 양말 꾸러미를
발견한 상준은 두 눈을 끔뻑이며 타박을 던졌다.

"야, 너는 양말 장사 하냐?"

"1일 3양말이지. 트렌드가 살잖아. 패션의 완성은 양말이야."

톡.

상준은 대답 대신 한 꾸러미를 밖으로 던졌다.

"아, 왜애애!"

저렇게 다 챙겼다간 무거워서 출국조차 못 할지도 모른다. 필요한 것들만 챙기라며 한바탕 타박을 놓은 후에야 다들 정상적으로 짐을 싸기 시작한다.

그때, 선우가 조 실장에게서 날아온 문자를 확인하고선 멤버들을 불러 모았다.

"자, 다들 집중!"

가벼운 여행이 아니다. 월드 투어를 위한 첫발이기에 즐겁게 노닥거리던 멤버들도 전부 선우를 향해 시선을 집중했다.

"비행기 신발 신고 타지 말고."

"응?"

"아, 이게 아닌가."

"아니겠지. 다시 읽어봐."

선우는 두 팔을 휘저으며 말을 정정했다.

"아아. 신발 신고 타고. 공항에서 팬분들 만나면 꼭 인사드리고. 또, 쓸데없이 짐 많이 싸지 말라면서……."

"쿨럭."

"그다음에 스타일리스트분들이 짜놓으신 코디대로 제발 입고 다니고……."

잔소리가 끊이질 않는다. 그동안의 전적이 있으니 아예 장문의 편지를 보낸 모양이다. 거의 5분 가까이 쏟아지는 조 실장의 텍스트 잔소리에 도영은 두 귀를 막았다.

"그냥 출발하게 해주세요."

"내 말이."

상준은 한숨을 내쉬며 제현을 돌아보았다. 아까부터 짐은 챙기다 말고 진지하게 휴대전화만 내려다보고 있던 제현이었다.

괜한 호기심이 동해 제현에게 물었다.

"뭘 그렇게 봐?"

"되게 중요한 거."

장난기 없이 중얼거리는 제현에, 상준은 두 눈을 반짝이며 휴대전화 화면을 확인했다.

그런데.

「달팽이 비행기에 타면 죽나요?」

「비행기에 달팽이 타고 안 걸리는 법」

「우리 팽이가 굶어 죽을 거 같아요」

'뭘 검색하는 거야?'

한 손으로 유리 상자를 꼭 붙들고 있는 제현을 보고서야 저 질문들의 의미를 이해할 수 있었다. 저렇게 진지한 질문들을 열심히 찾아보고 있는 걸로 보아.

"…데려가게?"

끄덕.

제현은 천천히 두 눈을 끔뻑였다.

제현의 자료 조사가 투철했던 덕분일까.

팽이는 무사히 걸리지 않고 미국 땅에 상륙했다.

"예아. 그래서 이곳이 LA야, 로스앤젤레스야?"

"…둘이 같은 거야."

공항에서 맞이하는 몇몇 팬들을 향해 인사를 건넨 다음에는 바로 준비된 숙소로 향했다. 중간중간 도영이 멍청한 소리를 하는 걸 제지하며 상준은 준비해 둔 카메라를 꺼냈다.

"언제부터 찍을 거야?"

"내일부터? 오늘은 가볍게 쉬자."

대부분의 스케줄에 카메라가 따라다니다 보니, 이제는 일상을 촬영하는 것에 퍽 익숙해졌다. 오늘은 너무 피곤했던 터라 기력이 남아나질 않았지만 저 장면은 좀 찍어주고 싶긴 했다.

"어윽……."

한숨 자고 일어나자마자 눈에 들어오는 정신 사나운 광경.

피곤하지도 않은지 숙소에 도착하자마자 팽이를 돌보느라 여기저기 뛰어다니는 제현이었다.

"팽아!"

"쟤는 진짜 지극정성이야."

"LA 상추 먹어볼래? 아니면, LA 물? 너도 외국 물 먹을 수 있어."

그러면서 신나서 호텔 수돗물까지 주고 있다. 선우는 피식 웃음을 터뜨리며 그런 제현을 빤히 바라보았다. 그새 스케줄 확인을 마친 상준은 자리에서 벌떡 일어났다.

"와, 장난 아니네."

월드 투어의 일정은 상준의 상상 그 이상이었다. 여러 국가를 빠르게 돌아야 하다 보니 콘서트 일정 사이로 방송 일정이 급하게 끼어 들어가 있는 수준이었다.

이걸 한번에 다 할 생각을 하니 벌써부터 버거워지는 기분이었지만. 언제나 그랬다. 못 할 게 뭐가 있다고.

상준은 넘쳐흐르는 열정으로 주먹을 세게 쥐었다.

그 순간.

"어, 다들 일어났어?"

벌컥—.

송준희 매니저가 숙소 문을 열고선 초췌한 얼굴로 들어왔다. 벌써부터 시차 적응이 안 되는 건지 꽤나 피곤해 보이는 모습이다. 도영은 웃어대며 나직이 말을 던졌다.

"저희는 일어났는데, 어째 매니저님이……."

"졸리긴 하더라고."

송준희 매니저는 한숨을 내쉬며 자리에 털썩 앉았다.

월드 투어의 첫 번째 목적지, 미국. 원래 이곳에선 리얼리티쇼 두 개와 콘서트가 이틀 동안 예정되어 있는 상태였다.

그런데.

이제부터 꺼낼 얘기는 그다지 밝은 소식이 아니었다. 송준희 매니저는 잠시 망설이더니 조심스레 입을 뗐다.

"아마 엄청 크게 하진 않을 거야."

해외에서 상대적으로 인지도가 떨어지는 탑보이즈다. 일정이 겹쳐 버린 현지 유명 팝 가수 때문에 예매율이 예상했던 것보다 많이 떨어졌다. 일주일 전만 해도 분명 전 석을 다 채웠다고 들었는데 저 말이 나온 것을 보면……

"아."

취소표도 좀 나왔는지 말을 꺼내는 송준희 매니저의 눈빛이 살짝 흔들렸다. 분명 좋은 소식은 아니다.

하지만.

"아직 시작한 것도 아닌데요."

유찬은 담담한 목소리로 말을 툭 던졌다. 벌써부터 겁먹을 필요는 없다. 현지 가수한테 밀렸다고 광고할 필요는 없으니까. 유찬은 생기 넘치는 목소리로 물었다.

"내일은 리얼리티 스케줄이죠?"

"어어, 그렇지."

"그거 준비 다 했어?"

"나는 영어가 가장 어렵더라."

"토크쇼잖아. 와, 상준이 형, 거기서 그때 그 발음으로……."

"고만 좀 놀려라."

분명 퍽 상처를 받았을 텐데도 금세 넘쳐흐르는 열정으로 극복해 내는 멤버들이다. 상준은 자신감 넘치는 눈길로 말을 뱉었다.

"두고 봐라, 니들. 내가 내일 어떻게 하는지."

"이야! 글로벌 아이돌 나상준!"

"조용히 하라고!"

상준은 까불거리는 도영을 응징하면서도 손에 들린 회화 책을 놓지 않았다. 지난번에는 있는 그대로 문장 구조를 달달 외워 버렸다면, 이번에는 아예 기초부터 시작할 참이었다.

"발음 괜찮냐?"

"형, 나도 영어 못해."

"일단 들어봐."

그 탓에 희생양이 된 건 유찬이었다. 해맑은 제현과 멍청한 도영에게 괜찮냐고 물어볼 수는 없으니 선우와 유찬을 붙들고 있을 수밖에.

"아임 파인 땡큐?"

"오오, 저리 가세요."

"아니, 왜."

"꿈에 형 나올 거 같아. 무서워."

유찬은 질겁하며 이불 속으로 들어가 버렸다.

그렇다면……

"선우야?"

"살려줘."

아예 사전을 찾아보면서 발음을 통째로 외워 버린 상준.

낯선 땅에서의 존재감을 보여주려면 방법은 하나다. 내일 리얼리티를 통해서 확실하게 자신의 이름을 각인시키는 것.

'한번 엎어놔야지.'

야망을 지닌 상준의 발음 연습은, 그 후로도 한참 동안 이어졌다.

*　　　　*　　　　*

"꺄아아아아아!"

"와아아아악!"

미국에서 K-POP의 열기는 생각보다 훨씬 뜨거웠다. 탑보이즈를 모르는 대다수의 관객들이 저렇게 뜨거운 환호로 맞아주는 걸 보면. 상준은 그답지 않게 잔뜩 긴장한 기색으로 자리에 앉았다.

금발의 두 사회자. 마이크를 든 채 액티브하게 관객들의 호응을 이끌어내는 솜씨가 수준급이다.

확실히 다른 나라에 왔다는 사실이 실감 났던 건 방청석이었다. 한국 사람은 거의 보이지 않을 정도로 다양한 인종이 섞여 있는 방청석.

"예에에."

"오늘 누구 나오는 거야?"

"탑보이즈라는 거 같은데?"

"탑보이즈? 그게 누군데?"

"한국에서 유명한 아이돌이래."

사회자의 말은 통역사가 가볍게 알려줄 예정이긴 했지만, 방청객의 반응까지 알 수는 없었다. 도영은 자동으로 두 손이 공손해지는 것을 느꼈다.

'대체 뭐라는 거야.'

반응을 모르니 더 긴장될 수밖에 없다. 그렇게 잔뜩 군은 얼굴로 침을 삼키고 있던 찰나, 여자 사회자가 먼저 마이크를 들었다.

"네, 안녕하세요! 오늘은 프라이데이 토크쇼에 새로운 게스트를 모셨는데요."

"꺄아아아!"

막힘없이 유창하게 모르는 말들을 이어가는 사회자의 멘트.

도영은 두 눈을 끔뻑이며 저도 모르게 작게 중얼거렸다.

"…영어 잘하신다."

아니, 대체.

'못하는 게 더 이상하지 않을까.'

도영의 한마디에 순간 웃음을 터뜨릴 뻔한 상준은 다급히 「무대의 포커페이스」로 표정을 관리했다. 지미집 카메라부터 정면, 측면까지 사방에 배치된 카메라를 천천히 훑으며 상준은 방송에 차분히 임했다.

그새, 금발 머리의 여자 사회자가 먼저 상기된 목소리로 외쳤다.

"간단한 자기소개 해주실까요?"

"와아아아악!"

"꺄아아아!"

여기는 방청객들이 정말 남다르다. 말 한마디 한마디가 끝날 때마다 뜨겁게 이어지는 박수 소리에 심장이 빠르게 뛰기 시작했다.

"DREAM THE TOP! 안녕하세요, 탑보이즈입니다!"

그리고, 다시 한번 그런 생각이 들었다.

오늘 이 자리에서 저들의 관심을 이쪽으로 돌려놓겠다고.

그렇게 다짐했기 때문일까.

"상준 씨, 질문 하나만 해도 돼요?"

"네."

자신에게 첫 번째 질문이 돌아온 순간, 상준의 두 눈이 열정으로 빛났다.

"탑보이즈의 매력이 뭐라고 생각하죠?"

"……"

상준은 신중한 표정으로 천천히 입을 뗐다.

탑보이즈의 매력이라.

"열정, 아닐까요?"

쓸데없이 진지한 상준의 한마디에 옆에 있던 도영이 웃음을 터뜨렸다.

"아."

'형, 이거 리얼리티야.'

혼자서 다큐를 찍고 있다. 사회자들도 같은 생각을 했는지 손뼉을 치며 능청스레 말을 던졌다. 분위기를 다시 띄우기 위함이었다.

"아, 열정이라고 생각해요? 근데 열정은 안 보이잖아요. 그 매력을 보여줄 수 있겠어요?"

'진짜 열정 같긴 하네.'

사실 그렇게 말하면서도 묘하게 불타오르는 상준의 눈빛을 눈치챈 사회자다. 낯선 나라에 와서 퍽 긴장할 법도 하건만, 상준의 눈빛은 신중 그 자체였다.

'생각을 확실히 전달한다.'

굳이 낯선 장소라고 해서 기죽을 필요는 없다.

상준은 제법 유창한 영어로 술술 말을 풀어냈다.

"사실 지금 이 자리에 앉기 전까지, 제가 가진 열정을 최대한으로 쏟아부었거든요."

상준은 확신에 찬 미소를 지으며 주머니에서 작은 수첩 하나를 꺼냈다. 얼마나 많이 봤는지 너덜너덜해진 수첩. 뜻밖의 행동에 사람들의 관심이 상준의 손에 들린 수첩으로 쏠렸다.

"그게 뭔데요?"

호기심 가득한 표정으로 수첩을 내려다보는 사회자.

"일기라도 되나?"

다들 별생각 없이 순수하게 궁금해할 뿐이었다.

하지만, 상준이 그 첫 장을 넘긴 순간.

스튜디오 내 사람들이 모두 얼어붙었다.

"와."

"저게 뭐야?"

각종 발음 표시들을 한국말로 적어놓은 흔적부터, 양을 셀 수 없는 단어들까지. 단순히 재능에 의존한 것이 아니라 상준이 직접 써 내려가고 노력했던 흔적들.

"여기 온다고 저걸 연습한 거야?"

방청석이 이내 술렁이기 시작했다. 사회자 역시 입을 다물지 못하며 그를 빤히 돌아보았다.

그동안 여러 나라의 가수들이 이 스튜디오를 수없이 찾아왔다. 처음부터 수월하게 의사소통이 되는 경우도 있었고, 서툰 탓에 통역사의 도움을 받는 케이스도 많았다.

"……"

감탄할 정도는 아니지만 제법 유창하고 자연스러운 발음.

그 안에 저런 노력이 숨어 있을 거라고 상상조차 못 했다.

그 경이로움 앞에 스튜디오가 침묵으로 잠겨 있던 순간.

"대단하네요."

사회자가 침묵을 깨고 진심 어린 말을 뱉었다. 적어도 지금 스튜디오 안에 앉아 있던 이들은 모두 같은 생각을 했을 터였다.

순수한 열정이 만들어낸 매력.

상준이 진지하게 꺼냈던 말에 그들은 이내 공감할 수밖에 없었다.

'됐다.'

스쳐 가는 수많은 가수들 사이에서, 조금이나마 눈도장을 찍었다. 자신을 바라보며 반짝이는 시선들에서 직감한 상준은 기분 좋은 미소를 지으며 일어났다.

"그런 의미에서, 열정이 넘치는 저희 무대 한번 보실까요!"

"와아아아아악!"

"꺄아아아!"

널찍한 스튜디오 내로 우레와 같은 함성 소리가 울려졌다.

＊　　　　＊　　　　＊

강렬한 드럼 비트.

가장 먼저 관객들의 시선을 사로잡을 곡은 이번 앨범의 'DON'T STOP'이었다. 처음부터 해외 팬들에게 가장 인기가 좋았던 곡인 터라, 망설임 없이 선정했다.

그리고, 이 뜨거운 함성은 그런 탑보이즈의 판단이 맞았음을 알려주고 있었다.

부서지는 무대 위에서

쉬지 않고 달려

멈출 수 없어서

손 내밀면 잡힐 것만 같아서

무대가 부서질 것 같은 연출. 뮤직비디오의 장면을 자연스럽게 그려내는 다섯의 퍼포먼스에 노래를 모르고 있던 관객들도 자리에서 벌떡 일어났다.

관객과 호흡하고, 함께 무대를 뛸 수 있게 만드는 노래다.

어느덧 중독성 있는 후렴구에 빠져 버린 이들은 스튜디오를 콘서트처럼 즐기고 있었다.

그 모든 것은 착각이었을까
이 이야기의 끝은 결국 절망인 걸까

배열이 착착 맞는 완벽한 동선. 이 노래만 몇 번을 연습했는지 모르겠다. 상준과 제현은 허공에서 하이 파이브를 하며 사뿐히 착지했다.

"꺄아아아!"

"탑보이즈! 탑보이즈! 탑보이즈!"

K-POP을 좋아하고 즐기는 팬들이지만, 이 자리에 탑보이즈의 순수 팬들은 그리 많진 않았다. 하지만, 그런 그들의 눈에도 탑보이즈라는 이름 하나가 확실히 새겨졌다.

"와."

"이렇게 춤추는 아이돌은 처음인데."

열정 가득한 탑보이즈의 무대는 정말 이 스튜디오를 부숴놓을 것만 같았다.

DON'T STOP

"허억… 헉."
거친 숨소리와 함께 무대를 마무리하고 나서도.
상준은 그렇게 한참을 미소 지었다.

＊　　　　＊　　　　＊

「탑보이즈 미국 리얼리티 출연, 현장 반응 뜨거워」
「첫 번째 월드 투어 중인 탑보이즈」

─와 영상 봤어????
ㄴ진짜 열심히 준비한 거 같던데
ㄴㄹㅇ 무대 없어질까 봐 걱정했다 ㅋㅋㅋㅋㅋ 누가 무대 부서지
는 노래 아니랄까 봐 진짜 부수면 어떡함
ㄴ온탑인 게 너무 자랑스러웠던 무대임 ㅠㅠㅠㅠ
ㄴ222222
ㄴ진짜 너무 잘해서 나도 모르게 폰 던짐!
ㄴ저런
ㄴ나는 수첩 보고 너무 뭉클하더라
ㄴㅇㅈㅇㅈ 얼마나 노력했는지 보여서ㅠㅠ
ㄴ콘서트도 부숴 버리고 해외에서도 대박 나자!!! 그렇다고 국내
너무 안 오지는 말아줘… ㅠ
ㄴ탑보이즈 파이이이이티이이팅!!

리얼리티쇼 방송이 국내에서도 알려지면서 팬들은 난리가 났다. 진심을 담아 준비했던 무대는 태평양을 건너서도 전달된 모양이었다.

리얼리티쇼의 효과 덕분일까.

소소하던 미국 내 탑보이즈 팬덤도 조금씩 늘고 있는 모양이었다. 그 증거로 콘서트 전날 추가 예매가 불쑥 늘었다.

덕분에 5천 석이 되던 관객석을 거의 메운 탑보이즈다.

처음 송준희 매니저의 말을 들었을 땐 속으로 퍽 실망했었다. 한국이 아닌 전혀 다른 나라에서 처음부터 인지도를 키워가야 한다는 생각이 들어서였다.

유이앱 와중에 해외 팬들이 보였을 때는 되게 많은 줄만 알았는데.

정작 이곳에 던져지니 그렇지도 않다는 사실을 새삼 깨달아서였다.

그래도 결국은 해냈다.

선우는 상기된 목소리로 힘차게 외쳤다.

"반응 괜찮으니 이 기세를 몰아서 잘해보자!"

"파이팅! 파이팅! 파이팅!"

멤버들은 단체로 손을 들어 올리며 파이팅을 외쳤다.

리얼리티쇼에서의 열정보다 더 후끈하게, 그렇게 뛰어다닌 무대.

"자, 여러분! 에펠 갈까요!!"

"다들 소리 질러어어!"

국내 콘서트를 해본 경험 덕에, 이번 무대에서는 훨씬 덜 긴장한 멤버들이다. 드넓은 콘서트장에서 자신 있게 춤을 추는 탑보이즈. 뒤로 갈수록 긴장이 풀린 그들은 무대를 천천히 즐기기 시작했다.

빛이 보였어
그곳에 함께해 줘

"와아아악!"
"에펠! 에펠! 에펠!"

DREAM THE TOP
나도 올라설 수 있을까

늘 그랬다.

팬들이 쫘르르 보이는 이 무대 위에 서면, 심장이 요동치는 듯 벅찬 기분이 들었다. 말로는 표현할 수 없지만 온몸의 세포가 깨어나 숨 쉬는 느낌. 그 전율에 빠진 채 이틀의 콘서트는 순식간에 지나갔다.

사이사이 있는 다른 리얼리티 스케줄까지. 사실 결코 널널하다고 할 수 없는 일정이었지만, 열정 하나만 믿고서 끝이 난 미국에서의 첫 번째 월드 투어였다.

"와, 진짜 힘들다."

모든 스케줄이 끝난 뒤, 유찬은 멍한 얼굴로 차창에 머리를 기댔다.

"이제 떠나는 거예요?"

그나마 아직도 체력이 남아 있는 도영이 고개를 앞으로 내밀며 송준희 매니저에게 물었다.

"그래야지."

상준은 아쉬움 가득한 눈길로 천천히 창밖을 바라보았다. 이제는 정말 비행기에 탈 시간이다.

'어땠더라.'

너무 정신없이 흘러가서 벌써 꽤 오래전 일처럼 느껴질 정도다.

5천 석의 관객들 앞에서 즐겁게 뛰어다니고, 준비해 온 것들을 모든 무대에 제대로 쏟아부었다.

뛰어나게 자랑할 만한 성과도 아니고, 전 석을 순식간에 메워 버리는 그런 톱스타도 아니었지만.

시작으로서는 충분히 괜찮지 않았을까.

'더 올라갈 만한 자리가 남아 있으니.'

우우웅.

이륙하는 비행기 안에서, 상준은 흐릿한 미소를 입가에 띠었다.

*　　　　*　　　　*

"형, 형! 이거 먹어봐."

"야, 너네 거기서 뭐 하냐! 고만 놀고들 들어와!"

"와아아악!"

두 번째 목적지는 남미였다. 미국 투어 다음으로 한국에 들를 새도 없이 이쪽으로 향했다. 덕분에 이틀의 휴식 기간은 얻었지만⋯⋯.

"쟤들은 지치지도 않나."

상준은 오렌지주스를 홀짝이며 벽에 등을 기댔다.

남미 시장에 도착하자마자 현지 과일들을 먹어보겠다며 시장을 누비고 다니는 동생들이다. 선우도 상준의 말에 공감하는지 격하게 고개를 끄덕였다.

"내가 생각한 휴식은 이런 액티비티가 아니었는데⋯⋯."

물놀이까지 했다.

편안하게 해변가에 앉아 즐겁게 석양을 올려다볼 생각을 했던 상준은 뜻밖의 정신없는 스케줄에 몹시 당황했다.

"얘, 얘들아, 제발."

그건 송준희 매니저도 마찬가지였던 모양이었다.

"팽아, 바다 어때?"

그 와중에도 바닷가가 훤히 보이는 시장 구석에 서서 열심히 팽이와 대화를 나누고 있는 제현이다. 저리 수상하게 중얼거리고 있으니 지나가던 사람들이 돌아보기 시작한다.

"야, 이제현."

상준은 다급히 제현을 불러 세우며 손짓했다.

송준희 매니저가 아까부터 애들을 모아 오라고 해서였다.

"저희, 또 어디 가요?"

숙소에 가만히 박혀 있고 싶은 마음이 굴뚝같았지만, 온 김에 관광을 해야 한다며 신이 난 도영이다.

"으윽."

평상시 열정이 넘쳐흐르던 상준도 지금 이 시간만큼은 도망가고 싶다. 가뜩이나 저질 체력인 선우는 더욱 말할 것도 없었다. 상준은 걱정스러운 눈길로 선우를 돌아보았다.

"죽은 거 아니지?"

비틀거리면서 시장을 걸어 다니는 선우.

"…거의 좀빈데?"

유찬은 머리를 긁적이며 선우를 간신히 세워놓았다.

"이거라도 먹을래?"

"으어어……."

물론 그 와중에 잘도 먹는다. 상준은 피식 웃음을 터뜨리며 주변을 천천히 둘러보았다. 생기 넘치는 얼굴로 모여서 떠드는 사람들. 미국과는 꽤나 분위기가 다른 풍경에 호기심이 일었다.

"재밌는 거 많아 보인다."

사람들이 이렇게 많은데도 크게 눈길을 주는 이들은 없다. 한 국이었으면 이런 번화가에 서 있지도 못했을 텐데. 색다른 기분에 취해 흥겹게 거리를 거닐던 순간.

"뭐지?"

상준은 방금 전까지 중얼대던 자신의 판단이 틀렸음을 깨달았다.

"…우리 보는 거 같지 않아?"

묘하게 사방에서 느껴지는 시선들.

유찬은 당황한 기색으로 상준의 귀에 속삭였다.

"맞는 거 같은데."

"뭐라고 얘기도 하는 거 같은데."

상준은 빠르게 「언어의 마술사」 재능을 다시 대여했다.

그제야, 뒤에서 속삭이던 사람들의 말뜻이 선명해진다.

"탑보이즈?"

"영상에 나온 애들 맞지?"

"…맞는 거 같은데."

그들이 수군대는 말에서 '탑보이즈'라는 단어를 들은 모양인지, 도영 역시 두 눈을 끔뻑이며 침을 삼켰다.

알아보는 거야 너무 감사한 일이지만, 한 가지 의문이 들었다.

'영상?'

무슨 영상을 말하는 거지?

얼마 전 리얼리티쇼에서의 영상이 여기까지 유명해졌나.

여러 가능성을 놓고 고민하던 찰나.

띠리링ㅡ.

송준희 매니저의 전화벨이 시끄럽게 울려 퍼졌다.

"네, 탑보이즈 매니저 송준희……."

대수롭지 않게 말을 뱉던 송준희 매니저의 두 눈이 동그래졌다.

"예? 뭐라고요?"

*   *   *

"그때… 그 영상이 그렇게 터졌다고요?"

JS 엔터 쪽에서 들려온 답변은 전혀 예상외였다. 영상이라길래 최근에 찍은 리얼리티 방송이겠거니 했던 상준은 당황한 기색으로 휴대전화를 들었다.

"이거였어요?"

지금도 실시간으로 치솟는 조회수.

화면 속 영상을 확인한 멤버들은 동시에 탄성을 터뜨렸다. 이미 몇 개월 전에 올라온 영상이었다.

"스페인 때… 버스킹 한 거?"

"와."

너튜브 알고리즘으로 뒤늦게 떠오르는 영상도 있다지만 그게 이렇게 현실이 될 줄은 몰랐다.

'촬영한 영상을 올려도 되냐고 물으시는데?'

윌리엄 로버츠. 탑보이즈의 버스킹 공연을 지켜보다가 말을 걸어왔던 음악평론가.

그때는 몰랐지만…….

"이 사람이 되게 유명한 평론가래. 남미에서."

검색 창을 뒤적이던 도영이 두 눈을 반짝이며 말했다. 탑보이즈가 남미 투어를 온다는 말을 듣고, 예전에 올려두었던 영상으로 고맙게도 홍보를 나서줬던 모양.

그 홍보는 완벽하게 작용했다.

현지에서 오히려 반응이 더 뜨거웠으니까. 끝이 없을 정도의 댓글들을 읽어 내려가며, 도영은 흐뭇한 미소를 지었다.

"으음. 칭찬이 엄청 많네."

"형, 어차피 해석 못 하잖아."

"조용히 해, 이제현."

오늘도 돌직구를 날려 버리는 제현을 저 오른편으로 떠밀어 버리는 도영이다. 송준희 매니저는 그런 둘을 보며 기분 좋게 웃다가 이내 당황했다.

"슬슬 떠야 할 거 같은데요."

아까보다 인파가 더 많이 밀려들고 있다. 해외에 와선 줄곧 쓰지 않고 있던 모자를 뒤늦게 눌러쓰고 빠르게 발걸음을 옮기는 탑보이즈다.

하지만, 기분 좋은 소식은 거기서 끝나지 않았다.

＊　　　　＊　　　　＊

"그게 진짜야?"

같은 시각, JS엔터에 앉아 있던 조승현 실장은 놀란 눈으로 자리에서 벌떡 일어났다.

본격적인 남미 스케줄을 시작하기도 전이다. 그럼에도 휴가 3일 차에 들려온 소식은 JS 엔터를 홀딱 뒤집어 놓기에 충분했다.

현지에서 인기를 끌어모은 버스킹 영상 덕에 반응이 나쁘지 않을 거라고는 예상했지만…….

"추가 티켓이 1분 만에 매진됐다고?"

이 정도일 줄은 몰랐다.

5천 석이나 되는 공연장 3일 치가 순식간에 매진되고, 현지 팬들은 추가 공연은 없냐고 벌써부터 아우성대고 있었다.

'추가 공연……'

원래 일정대로라면 3일 치의 공연을 마치고 현지 토크쇼에 출연한 다음 아시아 투어를 마저 진행할 계획이었다.

그런데 변수가 생긴 것이었다.

그것도 기분 좋은 변수가.

"…놓칠 수는 없지."

조승현 실장은 흐뭇한 미소를 지으며 급하게 전화를 걸었다.

"어, 급히 공연장 대관할 만한 곳은 없어? 빨리 찾아봤으면 하는데……."

설레발은 금물이라지만, 이런 날에는 적당히 쳐줘도 된다. 추가 공연장을 알아보기 위한 조승현 실장의 움직임이 분주해졌다.

"5천 석보다 더 큰 데는 없어? 그쪽이랑 연락은 해봤고?"

전화기를 붙든 채 한참을 씨름하던 조 실장은 이내 반가운 소식을 들었다.

7천 석의 현지 공연장.

해외에서의 탑보이즈의 입지를 생각해 봤을 때 시기상조라 판단했었지만.

"…한번 해보자."

조승현 실장은 자신감 넘치는 미소로 전화를 끊었다.

           *   *   *

마지막 휴가 날.

숙소에서 하루 내내 누워 있다가 뒤늦게 밖으로 나온 멤버들은 다시 한번 당황했다.

"탑보이즈? 탑보이즈 아냐?"

"맞는 거 같은데?"

잠깐 바람을 쐬러 나왔을 뿐인데……

"싸인해 주세요!"

"사진 찍어주실 수 있어요?"

"꺄아아아!"

엄청난 호응으로 달려드는 것은 어느 나라든 똑같다. 덕분에 졸지에 야외에서 팬 미팅을 하게 생겼다.

"DREAM THE TOP! 안녕하세요, 탑보이즈입니다!"

해외 팬들이 생긴다는 게 신기했는지, 도영은 폴짝폴짝 뛰어다니며 할 수 있는 최선을 다하고 있었다.

"오… 땡스?"

"꺄아아아!"

저 허접한 영어에도 진심을 다해 환호해 주는 팬들. 상준은 피식 웃으며 싸인한 종이 한 장을 건넸다.

길을 가다가 마주치면 한 번쯤 눈을 돌릴 법한 화려한 의상의 소녀.

"감사합니다!"

상준의 싸인을 받아 들자마자 행복한 미소가 입가에 번졌다. 저렇게 좋아해 주는 모습을 보면 상준 역시 마음 한편이 훈훈해진다.

그새 팬들에게 막대 사탕을 선물받은 제현은 하나를 입에 문 채 즐거워하고 있었다.

"형, 우리 어느 쪽으로 갈까?"

거의 피리 부는 소년급이다. 탑보이즈가 한 걸음을 뗄 때마다 무슨 촬영장처럼 사람들이 쏠렸으니.

졸졸 따라오는 인파를 보고선, 송준희 매니저의 눈길이 한결 예리해졌다.

'정신 차려야지.'

해외에서 이렇게 많은 인파가 몰릴 줄은 몰랐다. 혹시 무작정 달려드는 팬들이 있을까 봐 한국에서 못지않게 긴장하는 송준희 매니저.

다행히도 멤버들이 광장으로 향하는 동안 그런 일은 없었다.

그리고, 도시의 메인 스트리트, 광장 한복판에 도착했을 때. 상준은 놀란 눈으로 입을 떡 벌렸다.

"꺄아아아!"

자유로운 버스킹의 거리.

넓은 광장에 인파도 꽤 많았지만, 그보다 놀라운 것은 귓가에 들려오는 익숙한 멜로디들이었다.

"저거 블랙빈 노래 아냐?"

"맞네. 러브 포이즌이다."

도영은 마치 자신의 노래라도 나온 것처럼 이내 뿌듯해졌다. K—POP이 즐겁게 울려 퍼지는 거리.

K—POP의 성지라고 불러도 될 정도였다.

화려하게 염색을 한 친구들이 블랙빈의 '러브 포이즌'을 제법 수준급의 댄스로 선보이고 있었다.

"보고 갈까?"

옆에서 느껴지는 시선들이 조금 부담스럽긴 했지만, 금세 사람들 틈에 자리를 잡는 탑보이즈다.

"러브 포이즌! 러브 포이즌!"

"어땠나요! 다음 곡 갈까요?"

"와아아아!"

푸른 머리로 염색을 한 센터가 자연스럽게 관객들의 호응을 이끌었다.

"이야, 잘하는데?"

도영은 저도 모르게 피식 웃음을 터뜨렸다. 저렇게 K—POP을 즐겨주는 이들을 보니, 한편으로는 감사했고, 또 한편으로는 더 잘해야겠다는 사명감마저 들었다.

그렇게 뿌듯하게 그들의 무대를 지켜보고 있던 순간.

"다음 무대는 'BREAK DOWN' 보여 드리겠습니다!"

푸른 머리의 말을 이해한 상준은 두 눈을 크게 떴다.

"설마, 우리 노래야?"

같은 제목의 다른 노래가 아니라면…….

기억을 되돌려
어디서부터 잘못된 걸까
천천히 어둠 속을 따라

맞다.

탑보이즈의 노래가.

"워후."

도영은 사방에서 느껴지는 시선을 피하며 헛기침을 했다. 하지만, 정작 댄스 팀 친구들은 춤에 열중한 나머지 앞에 서 있는 탑보이즈 멤버들을 눈치채지 못한 모양이었다.

빠르게 올라가는 드럼 템포.

사방에서 쏟아지는 자유로운 함성.

그 리듬에 취한 도영이 천천히 분위기를 타기 시작했다.

"같이 출까?"

도영이 작게 중얼거리는 말에 댄스 팀의 눈치를 살피는 상준.

그 순간, 푸른 머리와 눈이 정면으로 마주쳤다.

"……!"

'알아챈 거 같은데.'

열심히 춤을 추던 녀석이 갑자기 굳어버리는 것을 보고선 직감했다.

"뭐야? 왜 안 춰?"

"그게……."

두두둥.

신나는 드럼 비트 와중에 멈춰 버린 푸른 머리를 보고는 당황하는 관객들.

상준이 의미심장한 눈길을 보내자 멍한 얼굴로 고개를 끄덕인다.

그리고.

"뭐야?"

"어떻게 된 거야?"

"그… 탑보이즈 아냐? 얼굴이 닮았는데?"

광장은 다시 한바탕 난리가 났다. 탑보이즈를 알아보는 사람들과 무슨 영문인지 모르겠는 사람들.

적어도 저 탑 위에선

모든 게 완벽할 거라 믿었어

그 믿음조차 거짓이었던 걸까

I fall in failure

격한 드럼 비트 속에서 모두들 하나가 된다.

"꺄아아아아!"

"와, 이게 뭐야? 진짜 버스킹을 직관한다고?"

"꿈 아니지, 이거?"

「언어의 마술사」. 비록 언어는 다르지만 이들의 말을 이해한다는 것이 감사했다. 저렇게 행복한 얼굴로 뱉어내는 칭찬들을 들을 수 있었으니까.

"이거 찍어!"

"찍어야지. 와, 대박. 미쳤다."

즉석에서 맞춰내는 합임에도 너무도 자연스럽다.

BREAK DOWN

그 잔해 속을 헤쳐 나와

아무것도 남지 않은

탑을 다시 한번 그려

상준은 댄스 팀 친구들의 동선을 살피며 빠르게 자리를 찾았다. 오늘 처음 보는 낯선 이들과의 공연이었지만, 관객 입장에선 준비된 공연이라고 느낄 정도의 퀄리티였다.

무엇이 진실일까

I fall in failure

관객과 가장 가까이 다가갈 수 있는 공연.

"워후! 소리 질러주세요!"

"와아아악!"

행복한 함성 속에서 깜짝 공연은 끝이 났다.

*　　　　*　　　　*

휴식 기간이 끝나고 순식간에 스케줄들이 흘러갔다. 콘서트 기간이 정신없이 끝나가고, 각종 토크쇼를 오가며 팬들에게 얼굴을 알리기 위해 노력했다.

그 와중에 즐거운 소식은 또 있었다.

"콘서트 반응이 너무 좋아서 추가 콘서트를 한다고 들었는데 맞나요?"

DJ가 신이 난 목소리로 물어왔다.

보이는 라디오 방송. 상준은 부드러운 미소를 지으며 고개를 끄덕였다.

투어를 도는 동안 한층 유창해진 영어 실력으로 답하는 상준.

"추가 예매도 순식간에 마감됐다고……."

조승현 실장의 판단은 옳았다. 남미 여러 국가에서 팬들이 쏠린 덕에 추가 콘서트 일정을 잡았는데도 순식간에 매진됐다.

예상 밖의 쾌거.

탑보이즈는 그저 감사한 마음으로 인사를 건넸다.

"최근에 칠레 광장에서 버스킹도 했다고 들었는데요. 아, 저도 무대 봤는데 너무 멋있더라고요."

"감사합니다!"

DJ는 본인도 팬인지 잔뜩 상기된 목소리로 말을 쏟아냈다.

버스킹 무대부터 이번에 진행한 콘서트까지.

"저도 추가 콘서트 보러 가려고 예매했습니다."

"와, 진짜요?"

"그럼요."

훈훈한 분위기 속에 진행되는 라디오 방송. 상준은 실시간으로 쏟아지는 댓글 반응들을 체크했다.

지금 있는 곳은 한국이 아니었지만 같은 방송의 개념에서 크게 다를 것은 없었다.

"탑보이즈의 신곡 'BREAK DOWN' 한번 듣고 가시죠!"

"와아아!'

방송에서 그들의 존재감을 확실히 드러내고 매력을 보여주는 것.

어느덧 제법 능숙해진 멤버들은 서로 눈을 맞추며 만족스러운 미소를 지었다.

아무것도 남지 않은

탑을 다시 한번 그려

한 곡의 노래가 끝나고.

이야기는 다시 본론으로 돌아왔다.

향후 앨범 계획이나 월드 투어 계획 등. 팬들이 궁금해하는 기본 정보를 술술 풀어놓는 상준.

"이다음으로는 아시아 투어를 진행할 거고요."

"오, 아시아!"

와중에 감사했던 것은 투어를 따라가겠다는 팬들이었다.

―아시아 투어?

―보러 가야지 ㅠㅠ

―꺄아아아아아

―계속 콘서트 돌아줬으면 좋겠다. 제 통장은 이미 비어 있어!

중간중간 보이는 한글 댓글을 보면서 피식 웃는 유찬이다.

"감사합니다. 다음 무대도 진짜 열심히 준비해서 보여 드리겠습니다!"

"크으, 열정이 좋네요."

DJ는 박수를 치며 유찬을 돌아보았다. 아까부터 댓글을 확인하느라 여념이 없던 유찬은 빤히 느껴지는 시선에 두 눈을 끔뻑였다.

"마침 궁금한 게 있는데요."

"넵!"

"유찬 씨."

한국에서는 이미 사골처럼 우려먹은 개인기지만, 여기서는 아니었던 모양이다.

"보여주실 수 있나요?"

허공에서 눈빛이 교차하는 상준과 유찬.

"대체……."

한층 업그레이드된 글로벌 개인기가 스튜디오 내로 울려 퍼지기 시작했다.

『탑스타의 재능 서고』 9권에 계속…